Jean-Marie Hämmerle und der

KNEIPEN-KRIEG

Sternwald Verlag

Die Deutsche Bibliothek - CIP-Einheitsaufnahme
FREIBURG-Krimi: Der Kneipenkrieg
Freiburg: Sternwald Verlag, 2002
ISBN 3-9808633-0-1
NE: Heyberger, Renate; Marquardt, Udo

Hans-Albert Stechl
Sternwaldstraße 26
79102 Freiburg
Tel. (07 61) 3 14 14
Fax (07 61) 2 43 02
Internet: www.sternwaldverlag.de

Titelgestaltung: Boris Pfetzing, KonText
Freiburg-Krimi-Logo: Andreas Verstappen
Satz: Andreas Lörcher, KonText
Druck: fgb • freiburger graphische betriebe

Der Kneipenkrieg

Inhalt

Eiszeit

Der Himmel über dem Münster war lachshäppchenfarben. Von Osten her stieg die Sonne langsam über die Dächer der Stadt. Es würde wieder ein heißer Tag werden.

Doch davon spürte Manfred Hofer nichts. Halb erfroren hing er im Kühlraum seines Freiburger Nobelrestaurants, dem Badischen Hof. Ein grober Fleischerhaken war durch den Kragen seines Brioni-Anzugs gebohrt worden und seine Arme waren mit einem dicken Strick auf den Rücken gebunden. Bei der kleinsten Bewegung schnitt das Seil schmerzhaft in die Handgelenke. Hofer hatte schon vor einer Ewigkeit aufgehört, an den Knoten zu zerren. Hin und wieder strampelte er noch ein wenig mit den Beinen. Doch die Nähte seines teuren Anzugs hielten, was der Hersteller versprochen hatte. Seine Lage, da machte sich Hofer nichts vor, war außerordentlich prekär. Wenn nicht bald jemand käme, wäre er in kurzer Zeit so tot wie die bedauernswerten Tiere neben ihm.

Im Litfass war es wärmer. Erst vor einer Stunde hatten die letzten Stammgäste die kleine Kneipe in der Moltkestraße verlassen. An die Arbeitszeiten würde sich Gertrud Pikulski erst noch gewöhnen müssen. Mit dem Kopf auf der Tischplatte saß sie zwischen Bergen ungespülten Geschirrs und schnorchelte vor sich hin. Seit ihr Sohn Dieter in die Freiburger Gastronomie eingestiegen war, litt sie an permanentem Schlafmangel.

„Zapf uns doch noch mal eben drei Bier, Mama“, kam es von nebenan. Gertrud Pikulski schreckte aus ihrem Liegestuhl in der Karibik hoch und sah auf die Uhr. Anscheinend waren sie immer noch an der Abrechnung. Ächzend stand sie auf. Den Ruhestand hatte sie sich anders vorgestellt. Aber schließlich ging es auch um ihr Geld. Vor allem um ihres, um genau zu sein.

Jean-Marie Hämmerle saß am Stammtisch und kräuselte die Stirnglatze. „Das ist eine einfache Multiplikation, Dieter. Das ist wirklich kein Hexenwerk.“ Er zwirbelte sein rotblondes Nackenzöpfchen und schob den endlos langen Kassenstreifen über den Tisch. „Da muss man nicht Harry Potter heißen, um das auszurechnen.“

Dieter Pikulski tippte hektisch Zahlen in seinen Taschenrechner. „Leck mich doch am Arsch,“ knurrte er, „wenn du alles besser weißt, kannst du ja die Abrechnung machen.“

Hämmerle hob abwehrend die Hände. „Du weißt genau, dass ich diese elektronischen Dinger nicht anfasse. Wahrscheinlich werden da automatisch meine Fingerabdrücke beim BKA gespeichert.“

„So ein Blödsinn. Gib schon her.“ Fanny Duffner strich ihre roten Haare zurück und griff nach dem Taschenrechner. Sie tippte ein paar Zahlen ein. „Hier“, sagte sie triumphierend und deutete auf die digitalen Leuchtziffern im Display. „145 Miese, wenn man die Personalkosten einrechnet. Das sind immerhin 30 weniger als gestern. Glückwunsch. Für einen Freitag gar nicht schlecht.“

„Bist du sicher, dass du dich nicht verrechnet hast, Mädle?“ Gertrud Pikulski stellte drei frisch gezapfte Bier auf den Tisch.
„Hundert pro“, erwiderte Fanny. „So lange die beiden Herren hier“, sie deutete auf Hämmerle und Pikulski, „selbst ihre besten Kunden sind, wird aus dem Laden nie was.“
„Papperlapapp. Ich sag euch, mit diesen Dingern stimmt was nicht.“ Hämmerle sah finster auf den Rechner und zog sich sein ockergelbes Lederwestchen enger um den Wanst. Das Lederwestchen war Teil seiner Standardkluft: Socken und Boxershorts von vorgestern, eine zeltgroße 501 in verwaschenem Blau, das T-Shirt vom Vortag und eben besagtes Lederwestchen, das schlank machen sollte. Keine leichte Aufgabe bei einem Lebendgewicht von 265 Pfund nackt auf der Waage.
„Ist ja auch kein Wunder!“ dozierte er weiter. „Die Digitalisierung ist quasi ohnehin eine einzige Verflachung. Wie willst du zum Beispiel Marx und seine Dialektik nur mit einer Null und einer Eins ausdrücken? These, Antithese, aber was soll denn die Synthese sein? Das begreift so ein Bill Gates doch gar nicht.“
Fanny Duffner verdrehte die Augen. Jean-Marie Hämmerle hatte sich kein bisschen verändert. Immer noch der gleiche Klugscheißer wie in der Grundschule. Daran hatten auch seine 36 Semester Philosophie, Ethnologie, Theologie und Soziologie, die er ohne Abschluss an der Freiburger Uni abgesessen hatte, nichts geändert. Das einzige, was sich verändert hatte, war sein Gewicht. Er war noch dicker geworden. Als

Taxifahrer im Dienste der Freiburger Taxizentrale bewegte er sich in der Regel im Sitzen.
Auch der schöne Dieter mit Dreitagebart und Kirk-Douglas-Grübchen im markigen Kinn war der gleiche geblieben. Das war ihr sofort klar geworden, als sie den beiden vor kurzem nach vielen Jahren wieder über den Weg gelaufen war. Schon am ersten Abend hatte Dieter gebaggert wie damals im Lahrer Jugendclub. Fanny kannte Jean-Marie und Dieter von Kindesbeinen an, doch nach der Schulzeit hatten sie sich völlig aus den Augen verloren. Erst als Fanny nach ihrer Scheidung in Freiburg aufgetaucht war, waren sie sich wieder begegnet.
„Ist ja gut, Herr Professor." Dieter zwinkerte Fanny zu. „Wie wär's, wenn du dich zur Abwechslung mal unter die werktätige Bevölkerung mischst? Du kannst meiner Mutter beim Abwasch helfen. Da hinterlässt du garantiert keine Fingerabdrücke."

Wissers Martin hatte die Nase gestrichen voll. Er parkte sein Mofa neben dem Lieferanteneingang des Badischen Hofes und war mit sich und der Welt im Clinch. Hätte er doch bloß nicht auf die Tante vom Arbeitsamt gehört. Eine goldene Zukunft als Koch hatte sie ihm versprochen. Dabei wäre er viel lieber Automechaniker geworden. Aber jetzt war es zu spät. Der Lehrvertrag war unterschrieben und es gab nur noch eins für ihn: Saucenfond, Saucenfond, Saucenfond. Koch war ein Scheißberuf. Besonders, wenn die Frühschicht um halb sechs begann und wenn es Wochenende war.

Er fügte sich in sein Schicksal und schloss die Hintertür auf. Ein paar Minuten lang trödelte er noch in der Umkleide herum, dann gab es endgültig keine Ausreden mehr. Zwischen ihm und dem Feierabend standen mehrere Kilo Zwiebeln, die er hacken, Dutzende von Sellerieknollen, die er schneiden, unzählige Karotten, die er schälen musste. Dazu die Schlepperei von gut einem Zentner Knochen, die der Saucenkoch, dem er derzeit zugeteilt war, im Laufe eines Tages zu Saucenfond, Saucenfond, Saucenfond verarbeiten würde. Und dann dieses ganze Geschwätz von Aromen und Harmonien und Dissonanzen, und dass man irgendwie als Koch so was wie ein Dirigent sein und die Noten kennen musste. „Die Aromen sind wie eine Leidenschaft. Es kommt darauf an, sie bestmöglich zum Klingen zu bringen. Mit den besten Instrumentalisten und Instrumenten", hatte der Chefkoch neulich geschwafelt und dabei mit einem Kräuterbüschel 'rumgewedelt. Wissers Martin hatte nur Bahnhof verstanden. Wenn seine Mutter zu Hause auch so ein Theater ums Kochen machen würde, dann gute Nacht. Da verstand sein Vater keinen Spaß. Und seine sieben Brüder hatten auch keinen Humor, wenn es ums Essen ging. Die hatten einfach Hunger.

Er betrat die große chromblitzende Edelstahlküche. Noch war Ruhe. Aber in ein paar Stunden würde die Hölle los sein. Dreißig Leute, die sich gegenseitig anbrüllen, klappernde Töpfe, klirrendes Geschirr und jede Menge Anschisse. Er schlappte an den riesigen Herden vorbei Richtung Kellertreppe. Dort waren die

Vorratsräume und es gehörte jeden Morgen zu seinen ersten Aufgaben, die Knochen aus dem Kühlraum zu holen, die erst gewässert und später zu Saucenfond, Saucenfond, Saucenfond verarbeitet werden mussten. Lustlos stemmte er den mächtigen Türhebel des Kühlraums auf. Eiskalter Nebel schlug ihm entgegen. Er tastete nach dem Lichtschalter. Die Leuchtstoffröhren flackerten. Dann sprangen sie an. Wissers Martin blinzelte kurz, dann riss er die Augen auf. Im kalten Licht des Kühlraums baumelte sein oberster Chef leblos zwischen zwei schwäbisch-hällischen Schweinehälften.

Im Litfass war man mit Aufräumen so gut wie fertig. „Jetzt ist aber wirklich Zeit für mich", gähnte Fanny Duffner und griff nach ihrer Handtasche. „Ich brauche mein Wochenende zum Regenerieren. Schließlich bin ich bei der Polizei. Und die schläft bekanntlich nie." Sie kicherte.
„Hör bloß auf", moserte Hämmerle. Dass Fanny bei den Bullen gelandet war, war schon schlimm genug. Aber dass sie auch noch die Sekretärin seines Erzfeindes, Hauptkommissar Harry Stefan, geworden war, setzte dem ganzen die Krone auf. Fast hätte er ihr diesen Fauxpas nicht verziehen, aber dann hatte er auch die guten Seiten an ihrem Job erkannt. Fanny konnte ihren neuen Chef auf den Tod nicht ausstehen. Wo immer es ging, fiel sie ihm in den Rücken. Und davon versprach sich Hämmerle einiges.
Jean-Marie hatte gerade seine letzten Teller abgetrocknet, als Fannys Handy klingelte. Sie kramte das Telefon

hervor und meldete sich knapp. „Ja?“ Ohne ein weiteres Wort zu sagen, beendete sie nach ein paar Sekunden das etwas einseitige Gespräch. „Na bitte, die Staatsmacht schläft nie,“ sagte sie, „das war Stefan. Ich soll sofort in den Badischen Hof kommen. Da haben sie den Chef im Kühlraum aufgehängt.“

Aus Küche und Keller

Als Fanny Duffner an den Tatort kam, waren die Männer der Spurensicherung schon voll in Aktion. In weiße Schutzkittel gehüllt, krochen sie auf den Knien herum und suchten akribisch jeden Zentimeter des gefliesten Kühlraums nach irgendwelchen Zeichen ab, die der oder die Täter hinterlassen hatten. Bisher ohne Erfolg, trotz des enormen kriminaltechnischen Aufwandes, den die Männer in ihren intergalaktischen Anzügen trieben. Bei der Freiburger Kripo ging es eben modern zu, unabhängig von der Schwere des Vergehens. Mit der gleichen Sorgfalt wurde hierzulande auch an der Aufklärung von Fahrraddiebstählen gearbeitet.

„Wo ist denn der Chef?" fragte Fanny einen ihrer Kollegen. Der Mann im weißen Anzug zuckte nur mit den Schultern. „Wird oben in der Küche sein", knurrte er schlecht gelaunt und klapperte vor Kälte mit den Zähnen. „Bei der Vernehmung."

Aber dort war weit und breit nichts von Harry Stefan zu sehen. Fanny Duffner sah sich staunend in der chromblitzenden Küche um. Das war etwas anderes als das winzige Kabuff im Litfass, wo nur ein großer Herd und eine Haushaltsspülmaschine standen. Den Kühlschrank hatte Dieter aus Platzgründen in den Hof verfrachtet. Die Küche des Badischen Hofes dagegen war turnhallengroß und überall blitzte und blinkte es, als hätten tausend schwäbische Hausfrauen ein Wettputzen veranstaltet. Den Mittelpunkt des riesigen Raumes bildete ein Molteni-Herdblock. Dazu Friteusen, Wasser-

becken, Wärmebrücken. An den Abzugshauben hingen fein säuberlich aufgereiht Spitzsiebe, Sauteusen und Pfannen aus Edelstahl oder Kupfer in allen Größen und Formen. Blankgewienerte Arbeitstische reihten sich an den gekachelten Wänden, darauf Messerblöcke und Batterien von Schneebesen und Kochlöffeln, Wasserbäder, um Gemüse warm zu halten oder Saucen zu kochen, und Salamander, um Speisen zu überbacken.
Mittendrin saß Manfred Hofer. Der Chef des Hauses hatte den Anschlag knapp überlebt. Nach seiner Rettung hatte er sich allerdings mit Händen und Füßen dagegen gewehrt, ins Krankenhaus gebracht zu werden. Jetzt hockte er im zerrissenen Brioni auf einem Schemel an dem Tisch, an dem gewöhnlich die Köche in ihrer Pause die mitgebrachten Stullen vesperten. Hofer hielt sich an einer fast leeren Cognacflasche fest und war schon wieder ganz der Alte. Mit glasigen Augen stierte er auf Fannys Bluse.
„Hallo, schöne Frau," lallte er, „wen haben wir denn da? Willse auch einen?" Er streckte Fannys Busen die Flasche hin.
„Ich glaube, das reicht jetzt, Manfred." Ein blonder junger Mann in Kochuniform legte Hofer die Hand auf die Schulter und griff mit der anderen nach der Flasche.
„Ach was", Hofer wand sich aus dem Griff. „Brändle, du Schlappschwanz. Ich bin gerade dem Fleischerhaken entkommen." Er schwenkte die Cognacflasche in der Gegend herum. „Wenn man euch da aufgehängt hätte, das hätte ich sehen wollen, ihr Jammerlappen." Seine Stimme wurde lauter. „Ihr seid doch alle Pfeifen," brüllte

er, „alle hier! Wenn ich das Schwein erwische, dann ...“ Er sackte in sich zusammen.
„Duffner, Kripo Freiburg. Wo finde ich denn Kommissar Stefan?“ fragte Fanny in die plötzliche Stille hinein.
„Der Kommissar muss irgendwo im Keller sein“, sagte der blonde Koch. „Ich bin hier der Souschef. Mein Name ist Marc Brändle.“ Er verbeugte sich leicht.
„Haben Sie Herrn Hofer gefunden?“ fragte Fanny. Sie musterte den jungen Koch von Kopf bis Fuß. Gar nicht so schlecht, dachte sie. In der Tat. Der Kerl sah einfach unverschämt gut aus, sogar in der unvorteilhaften Kochuniform, braungebrannt, schlank, der Blick gerade frech genug für Fannys Geschmack.
„Nein, das war ich“, kam es leise aus einer Ecke. Wissers Martin war fertig mit der Welt. Dabei hatte er doch seinem Chef nur helfen wollen. Er hatte sich fast zu Tode erschreckt, als er Herrn Hofer da im Kühlraum baumeln sah. Aber in seiner praktischen Hochschwarzwälder Art hatte er nicht lange gezögert und sich an Hofers Beine gehängt, bis der Anzugstoff endlich mit einem Ratsch nachgab und Hofer rücklings in der Plastikwanne mit den Knochen für den Saucenfond landete. Doch wie er, Martin, seiner Mutter nun erklären sollte, dass er womöglich der Hauptverdächtige war, wusste er noch nicht. Mutter Wisser führte ein strenges Regiment. Kein Wunder bei acht Buben und einem Mann – und das noch mitten im Schwarzwald.
Und richtig, jetzt war er fällig.
„Also, dann kommen Sie mal mit, junger Mann,“ sagte Fanny, „der Kommissar wird sicher einige Fragen an Sie haben.“

Wissers Martin schloss kurz die Augen und schickte ein Stoßgebet zum Himmel. Lieber Gott, dachte er, lass sie nicht auch noch auf die Sache mit dem Mofa kommen. Das fuhr deutlich schneller, als die Polizei erlaubte. Mit weichen Knien folgte er Fanny Duffner die Treppe zum Keller hinunter.

Harry Stefan stand derweil rauchend im Weinkeller und wartete auf Ergebnisse. Im Kühlraum war es eindeutig zu kalt gewesen. Er trat seine Zigarette auf dem Steinboden aus und zog eine verstaubte Flasche aus dem Regal. Mit dem Daumen wischte er über das Etikett. „Château Petrus" las er und schluckte trocken. Dafür musste er fast eine Woche lang arbeiten. Mist, dass er seine Aktentasche heute nicht dabeihatte. So musste er die Flaschen eben an Ort und Stelle köpfen. Irgendwo war hier sicher ein Korkenzieher.
„Ach, hier sind Sie, Chef!" Fanny stöckelte über den holprigen Boden des Weinkellers auf Harry Stefan zu. Das war wieder typisch, dachte sie. Lässt die Kollegen schuften und krallt sich den besten Tropfen aus dem Keller.
Tatsächlich näherte sich Stefans Arbeitsmoral dem absoluten Nullpunkt, seit seine Anträge auf vorzeitige Pensionierung in den letzten Jahren regelmäßig abgelehnt worden waren. Irgendwie hatte das mit seiner Nachfolge nicht so richtig geklappt. Im Freiburger Polizeipräsidium war es immer wieder zu Unregelmäßigkeiten gekommen, in die so ziemlich jeder Beamte verstrickt war, der für seine Nachfolge in Frage gekommen wäre. Sogar seine Sekretärin musste nun in die polizei-

liche Ermittlungsarbeit eingeschaltet werden, weil er keinen Assistenten mehr hatte. Er musste schuften wie Sysiphos. Zu allem Übel hielten in letzter Zeit auch noch die Bauern aus dem Umland die Freiburger Ordnungshüter mit einer Protestwelle in Atem. Stefan hatte keine Ahnung, worum es dabei genau ging. Aber er war sicher, dass irgendwelche Ökos und Vegetarier dahinter steckten, wie immer in Freiburg. Und jetzt auch noch ein grüner OB. Er seufzte tief. Die Sache mit dem ruhigen Lebensabend in der Heimat seiner Frau war gründlich in die Hose gegangen.
„Ich hab hier den Hauptzeugen, Chef", sagte Fanny. „Der junge Mann", sie deutete auf Wissers Martin, „hat den Hofer gefunden."
Stefan musterte seine Sekretärin träge durch die dicken Gläser seiner Kassenbrille. Das machte sie wieder mit Absicht. Konnte man denn nicht mal fünf Minuten seine Ruhe haben?
„Und?"
„Was und?"
„Na, war er's?"
Wissers Martin sackte das Herz in die Hose. Das hatte er gewusst.
„Ich sagte, dass er Hofer g e f u n d e n hat." Fanny verdrehte die Augen. War das etwa schon die zweite Flasche?
„Und? Personalien etc., haben Sie die schon aufgenommen?"
Fanny schüttelte den Kopf.
„Dann machen Sie das mal." Harry Stefan drehte ihr

den Rücken zu und machte sich wieder auf die Suche nach einem Korkenzieher. Plötzlich hielt er inne. „Moment mal, junger Mann, wenn Sie den Hofer gefunden haben, dann nehme ich doch an, Sie arbeiten hier."
„Ich bin Lehrling." Wissers Martin hatte einem Kloß im Hals.
„Na wunderbar!" Stefan zog die Augenbrauen hoch. „Dann besorgen Sie mir doch mal einen Korkenzieher. Den brauche ich für meine Ermittlungen."

Und wirklich. Eine halbe Flasche später klappte es schon besser. Die Vernehmung von Wissers Martin war zwar noch etwas zäh verlaufen und hatte nicht viel gebracht. Der Bub konnte nur immer wieder die gleiche Geschichte erzählen: Wie er erschrocken war, als er seinen obersten Chef dort am Fleischerhaken baumeln sah und wie er sich dann ohne zu überlegen an die Beine vom Herrn Hofer gehängt hatte. Und dass er wirklich nichts dafür konnte, dass der Herr Hofer dann in die Wanne mit den Knochen gefallen war. Und dass er ganz bestimmt überhaupt nichts mit der Sache zu tun hatte. Davon war sogar Stefan überzeugt.
Jetzt saß der Kommissar in der Küche des Badischen Hofes dem Opfer gegenüber, dessen Alkoholpegel eindeutig höher lag als sein eigener. Dennoch machte die Aufklärung des Falls Fortschritte. Immerhin hatte Stefan inzwischen von Hofer erfahren, dass er in seinem Büro hinterrücks niedergeschlagen worden war. Aufgewacht war er erst wieder am Fleischerhaken. Trotzdem

war Hofer klar genug, um jede Menge Tatverdächtige zu präsentieren. Anscheinend hatte der Hotelier nicht viele Freunde.
„... und dann dieser Merzbacher mit seiner Klitsche. Was der für ein Gesöff produziert. Das kann ich meinen Gästen doch nicht bieten. Deshalb hab ich die Brühe von der Karte genommen."
Da war Stefan zwar eindeutig anderer Meinung. Die Weine des Staufener Weinguts hatte er eigentlich immer ohne größere Kopfschmerzen verarbeitet. Wahrscheinlich hatte sich der alte Merzbacher nicht länger auf die stadtbekannten Knebelverträgen des Herrn Hofer eingelassen. Aber ein tatverdächtiger Winzer, das war eine Vernehmung, auf die sich sogar Stefan freute. Gleich morgen würde er mal zu dem Weingut 'rausfahren.
„Und dann dieser Schmierfink, dieser Rolf Zeitmann. Schreibt, dass mein Kaninchenrücken trocken sei. Ausgerechnet! In meinem Haus! Wahrscheinlich kann der Alte mit seinem Gebiss nur noch Brei essen. An meinem sautierten Hummer hat er auch rumgemeckert: ‚durch warm gewordenen Kaviar, der prompt salzigfischig geworden war, arg in seinem Geschmack gemindert.'" Hofers Gesicht wurde hummerrot. Das hatte er sich genau gemerkt. Und es kam noch schlimmer: „‚Geschmackfreie Spitzmorcheln zu Crêpinette von Tauben- und Wachtelbrüstchen, dazu Farfalle, so winzig, dass sie wie Spurenelemente wirkten.'" Hofer japste nach Luft. „Und zum Schluss schreibt dieses Arschloch noch: ‚Die Lobgesänge auf den Badischen

Hof wirken immer rätselhafter.‘ Zu Hause kann der sich doch nur Bratkartoffeln leisten, aber hier den großen Max spielen!“

Stefan verstand die Welt nicht mehr. Nach seinem Gerechtigkeitsempfinden hätte Hofer den Kritiker an den Fleischerhaken hängen müssen und nicht umgekehrt. Aber die Sache löste sich auf:

„Den hab ich fertig gemacht, das kannse mir glauben. Der schreibt so schnell nichts mehr. Dem sein Gesudel,“ Hofer grinste triumphierend und rülpste, „dem sein Gesudel wird einfach nicht mehr gedruckt. Dafür hab ich gesorgt. War noch nicht mal schwer. Zwei Nächte in der Juniorsuite für den Chefredakteur und seine Freundin und drei popelige Anzeigen, das mach ich doch mit links. Das zahl ich aus der Portokasse.“ Hofers Hand beschrieb einen großen Kreis und krachte dann auf die Schulter seines Gegenübers. Er zog den Kommissar zu sich her und nebelte ihn mit seiner Cognacfahne ein. „Und dann,“ lallte er weiter, „dann haben wir da noch die Sache mit dem Pizzabäcker.“ Er schüttelte sich. „Ausgerechnet ein Pizzabäcker. Das,“ er hob den Zeigefinger, „das ist eine persönliche Beleidigung. Das macht die Schlampe mit Absicht.“

Stefan kam nicht ganz mit. Er sah hilfesuchend zu Fanny hinüber. Die bewegte stumm die Lippen. Dann machte sie eine obszöne Geste.

„Lässt sich von einem Pizzabäcker durchnudeln. Schulligung, gnä Frau, aber das gehört ins Protokoll.“

„Sie wollen damit sagen, dass Ihre Frau ein Verhältnis hat?“ Stefan gähnte. Ihn begann die Sache endgültig zu

langweilen. Es war doch immer das gleiche. „Glauben Sie, dass der Geliebte Ihrer Frau als Verdächtiger in Frage kommt?“ fragte er.
„Der und meine Alte dazu.“ Hofer schlug mit der flachen Hand auf den Tisch. „Die wollen mich aus dem Weg räumen. Um hier“, er zeigte auf den Molteni-Herd, „Pizza Salami zu backen. Nur über meine Leiche. Aber noch nicht mal das bringen sie fertig.“ Dann knallte sein Kopf auf die Tischplatte.
Harry Stefan sah Fanny an. „Ich denke, die Vernehmung ist beendet“, sagte er. Er stand auf und ging quer durch die Küche auf die Kellertür zu. „Gehen Sie schon mal voraus ins Präsidium. Ich hab eben noch was zu erledigen.“ Dann stieg er die steile Treppe zum Weinkeller hinunter. Irgendwo hatte er noch eine Flasche „Le Pin“ gesehen.

Mit Speckpfannkuchen fängt man Ratten

Wenig später hatte sich die Nachricht von Hofers Hängepartie in der gesamten Breisgau-Metropole herumgesprochen. Nun hingen Freiburgs schreibende Zunft, die Hörfunkjournaille und das Superteam des lokalen Fernsehsenders im Foyer des Badischen Hofes herum und warteten auf ein Wort von Manfred Hofer oder wenigstens auf eines seiner Pressereferentin. Die PR-Tussi ließ sich wohlweislich nicht blicken. Erst der Euro und die allgemeine Rezession, die das Lokal jeden Abend leerer und leerer werden ließen, dann die schlechten Kritiken der Gourmettester in den letzten Wochen und jetzt auch noch diese unappetitliche Geschichte mit Hofer im Kühlraum. Was sollte man den Medien da noch sagen? Gott sei Dank war das Haus von der Rattenplage, über die in letzter Zeit ganz Freiburg sprach, verschont geblieben. Zum Glück war auch Hofer nicht in der Lage, irgendetwas zu sagen. Nachdem die Polizei das Haus verlassen hatte, war er von seinem Souschef in eines der Hotelbetten verfrachtet worden, wo er seinen Vollrausch ausschlief. Platz gab es leider genug.
Die Journalisten kümmerte das wenig. Im Gegenteil: Sie nutzten die Möglichkeit, sich im Zuge der Wahrheitsfindung den Magen mit den stadtbekannten Kanapees des Badischen Hofes vollzuschlagen, die Marc Brändle in aller Eile hatte richten lassen. Schließlich war man immer noch das erste Haus am Platze. Hinuntergespült wurden die Edelstullen trotz der frühen Stunde mit ein paar Gläschen Jahrgangsschampus.

Soviel war Brändle klar: Die hungrige Journalistenmeute würde bleiben, bis Hofer wieder bei Bewusstsein war. Der Chef eines Nobelrestaurants, aufgehängt in seinem eigenen Kühlraum, das war eine Meldung wert. Sogar für dpa.

„Zweimal Speckpfannkuchen." Gertrud Pikulski schob zwei Teller über den Tresen. Die Speisekarte des Litfass' unterschied sich gewaltig von dem Angebot im Badischen Hof. Unter Gertrud Pikulskis Küchenregime war man in der kleinen Beiz in der Moltkestraße zu den Wurzeln der badischen Küche zurückgekehrt: Brägele, Fleischküchle, suure Leberli, Schäufele und eben Speckpfannkuchen. Dementsprechend leer war die Kneipe. Nur im Untergrund des Sedanquartiers ging es lebhafter zu. In letzter Zeit berichtete die Lokalpresse immer wieder von einer angeblichen Rattenplage, die das einzige noch nicht totsanierte Viertel Freiburgs dem Vernehmen nach verstärkt heimsuchte. Anscheinend schreckten die Nager aus dem Kanalsystem auch vor den Resten der badischen Hausmannskost nicht zurück. Seit sich ein Mitarbeiter der „badenova" dazu hatte hinreißen lassen, die legalen Bewohner des Viertels mit den vierbeinigen Besuchern aus der Gosse zu vergleichen, war eine erbitterte Leserbriefschlacht im örtlichen Monopolblatt entbrannt. Nur unter größten Verbiegungen hatte es der oberste Chef der „badenova" geschafft, sich von den Aussagen seines Mitarbeiters zu distanzieren. Schließlich wollte er keine Kunden an Yello-Strom verlieren. Wie dem auch sei, die Ratte war

auf dem besten Weg, zum Wappentier des Sedanviertels zu werden.
„Dieter, die Pfannkuchen werden kalt." Gertrud Pikulski klopfte auf den Tresen. Ihr Sohn stemmte sich widerwillig vom Stammtisch hoch und brachte die fettig glänzenden Eierkuchen im Salatbett zu den beiden einzigen echten Gästen am hintersten Tisch des winzigen Gastraums. Warum musste ihn seine Mutter jetzt stören, wo es spannend wurde. Gerade erzählte Fanny von dem Verhältnis, das Manfred Hofers Frau angeblich mit einem stadtbekannten Pizzabäcker hatte. Das war eine Geschichte nach Dieters Geschmack.
„Jede Wette," er klemmte sich wieder an den Stammtisch, „das war der Sizilianer. Da schwör ich jeden Eid drauf. Das machen die so in Sizilien. An einen Fleischerhaken im Kühlhaus. Weil da auch die anderen Schweine hängen, oder so."
„Sprichst du da aus persönlicher Erfahrung?" fragte Fanny.
„Pssst", machte Pikulski und sah zu seiner Mutter hinüber, die am Tresen Gläser spülte.
„Da könnte was dran sein", Hämmerle wiegte den Kopf. Mafiamethoden waren ihm seit dem Fall mit dem Freiburger Pizza-Paten vertraut. „Aber genauso gut kann es der Winzer gewesen sein. Der hätte ja auch ein Motiv. Von Hofers Weinkarte zu fliegen, ist für so einen kleinen Laden fast schon das Todesurteil."
„Oder der Testesser", machte Fanny weiter. „Aber zum Glück ist es Stefans Job, die Sache aufzuklären. Der geht mir dermaßen auf die Nerven. Der lässt mich die

ganze Arbeit machen und setzt sich selbst in den Weinkeller ab. Das sollte man mal seinem obersten Dienstherren stecken.“ Sie haute mit der flachen Hand auf den Tisch. „Der Stefan rührt keinen Finger mehr und kassiert dafür auch noch ganz gut Kohle. Dem sein Gehalt möchte ich haben. Das würde mir auch zustehen. Ich sage euch, die ganzen Erfolge, die der Herr Hauptkommissar angeblich hat, das bin in Wirklichkeit ich. Neulich das Fahrrad von der Frauenbeauftragten, wer hat's denn gefunden?“ Mit flammendem Blick sah Fanny in die Runde. „Ich war das! Jeder im Präsidium weiß das. Aber keiner sagt's. Alle tun immer so, oho Herr Kommissar, aha Herr Stefan. Und mich macht er überall madig. In der Kantine stehen sie sogar schon auf, wenn ich mich zu ihnen an den Tisch setze. Mobbing ist das.“ Sie hielt Pikulski ihr leeres Glas hin. „Ganz abgesehen davon bin ich natürlich total unterfordert als Sekretärin. Als Kriminalassistentin habe ich mich beworben. Und dann hat man aus der Stelle eine Sekretärinnenstelle gemacht. ‚Aus finanziellen Gründen.‘ Haha, dass ich nicht lache. Der wollte mich einfach nur klein halten. Aber nach der Scheidung hatte ich ja keine Wahl. Wenn das so weiter geht, ende ich in dem Laden noch als Putzfrau.“

„Komm, Mädle, jetzt iss erst mal was.“ Gertrud Pikulski stellte einen Speckpfannkuchen mit einer extragroßen Portion Speck auf den Tisch. „Haben die denn keine Spuren gefunden?“ Dieters Mutter guckte regelmäßig am Sonntagabend den Tatort.

„Nix. Nada.“ Fanny hob beide Hände. „Keinen einzi-

gen Fussel.“ Sie säbelte wütend ein Stück vom Pfannkuchen ab.
„Können wir zahlen?“ Einer der beiden echten Gäste hob zaghaft die Hand.
„Moment!“ rief Pikulski über die Schulter. Dann wandte er sich wieder dem Gespräch am Stammtisch zu.
„Hätte mich auch gewundert, wenn Stefans Gurkentruppe was gefunden hätte“, meinte Hämmerle und angelte mit den Fingern nach einem Stück Speck von Fannys Teller. Seine Abneigung gegen den Kommissar war grenzenlos und beruhte auf Gegenseitigkeit. Er hatte schon in früheren Fällen mit Harry Stefans Inkompetenz zu tun gehabt. „Weißt du, Fanny,“ säuselte er, „ich finde, Gerechtigkeit muss sein. Diesmal werden wir aufpassen, dass du den Erfolg verbuchen kannst.“
„Und wie soll das bitte schön gehen?“ fragte Fanny mit vollem Mund.
„Ganz einfach.“ Hämmerle sah verschwörerisch in die Runde. „Du hältst mich auf dem Laufenden, ich meine, was Stefans Ermittlungen betrifft. Und ich“, er machte eine Pause.
„Können wir jetzt bitte zahlen?“ kam es vom Nebentisch.
Dieter winkte ab. „Komme gleich!“
„Also ich helfe dir dabei“, nahm Jean-Marie seinen Faden wieder auf. „Ich habe da ja einige Erfahrung. Dieter muss sich ja leider um seine Kneipe kümmern, nicht wahr, Alter?“
Hämmerle tätschelte Dieters Oberarm und grinste in sich hinein. Er würde drei Fliegen mit einer Klappe schlagen: Mächtig Eindruck auf die schöne Fanny

machen, Dieter von ihr fernhalten und, was fast noch wichtiger war, seinem Erzfeind Stefan so richtig eine reinwürgen. Ein U-Boot im Hafen des Feindes - was wollte man mehr!

Er lehnte sich zufrieden zurück und sah sich im Lokal um. Es war leer. Über die Schulter hinweg deutete er auf den Tisch, an dem eben noch die beiden echten Gäste gesessen hatten. Das Pärchen hatte sich aus dem Staub gemacht ohne zu zahlen. „Siehst du, Dieter, wie wichtig es ist, dass man sich als Wirt um seine Gäste kümmert?“

Markgräfler Landpartie

Der Benz der Freiburger Taxizentrale schnurrte über die alte Basler Landstraße Richtung Staufen. Zwischen den gelb gesprenkelten Frühsommerwiesen leuchtete das zarte Grün der Rebhänge am Schönberg. In der Ferne tauchte der Staufener Kegelberg mit seiner Burg auf. Die Gegend südlich von Staufen hatte schon immer zu Hämmerles Lieblingsregionen gehört, auch wenn ihn das Gerede vom Markgräfler Land als der „Toskana Deutschlands" regelmäßig zur Weißglut brachte. Das ging ihm dann doch zu weit. Immerhin war die Toskana die Wiege der geheimnisvollen Etrusker und etwas Ähnliches hatte das Markgräfler Land beileibe nicht zu bieten. Nekropolen zumindest gab es hier nicht. Ganz davon zu schweigen, dass die bundesdeutsche Toskana-Fraktion bisher den südbadischen Landstrich links liegen gelassen hatte. Von Zeit zu Zeit organisierte Hämmerle mit dem Benz der Taxizentrale sogar die eine oder andere Fehlfahrt, vor allem im Sommer. Dann kurvte er über die kleinen Sträßchen nach Sulzburg oder Britzingen oder zur Winzergenossenschaft nach Laufen. Nicht zuletzt der Markgräfler Gutedel, der in den Landgasthöfen am Fuß des Schwarzwalds noch als echtes Viertele ausgeschenkt wurde, war ihm immer wieder eine Reise wert.

Es war für Hämmerle und sein Ermittlungs-Team nicht ganz einfach gewesen, sich auf einen genauen Ablaufplan der Ermittlungen zu einigen. Immerhin gab es drei

Verdächtige, die alle besucht werden wollten. Dem gegenüber standen drei Interessen. Dieter war ganz scharf darauf, die Sache mit der untreuen Frau zu verfolgen. Fanny wollte schon immer mal den berühmten Testesser Rolf Zeitmann kennen lernen, an dessen Kochrezepten sie regelmäßig scheiterte. Und Hämmerle votierte dafür, den Winzer an den Anfang der Ermittlungen zu setzen. Dass er sich schließlich durchsetzen konnte, verdankte er ausgerechnet Harry Stefan. Gleich am nächsten Morgen hatte der im Präsidium großartig verkündet, er wolle, sobald es ginge, einem der Hauptverdächtigen im Markgräfler Land „einen Besuch abstatte." Da galt es, keine Zeit zu verlieren.

Hämmerle hatte das Schiebedach geöffnet. Im Radio säuselten Robbie Williams und Nicole Kidman „Something stupid" und Jean-Marie klopfte den Takt auf dem Lenkrad. Hin und wieder linste er aus den Augenwinkeln zu Fanny hinüber. Sie trug ein geblümtes Sommerkleidchen, und er kam sich an diesem strahlenden Tag fast so vor wie der tätowierte Knackarsch aus England, der mit der Exfrau von Tom Cruise ...
„I can see it in your eyes ..." summte Jean-Marie mit Robbie.
„Wo hab ich das Scheißding nur hingetan?" Fanny kramte in ihrer Handtasche. „Ich weiß ganz genau, dass ich es hier reingesteckt habe."
Hämmerle seufzte. Das wirkliche Leben hatte ihn wieder. Aber er war fest entschlossen, sich die gute Laune trotzdem nicht nehmen zu lassen. „Was suchst du denn?" fragte er.

„Den verdammten Dienstausweis. Mit irgendwas müssen wir uns doch legitimieren. Auf dem Ding steht immerhin ‚Kripo' drauf."

Das Weingut Merzbacher lag am Staufener Schlossberg direkt unterhalb der alten Burg. Hämmerle parkte den Benz neben einem großen Holztor. Die Tür zum Hof war nur angelehnt. Im Innern gruppierten sich mehrere Gebäude um den kopfsteingepflasterten Hof. Ein stattliches Holzfass ruhte auf einem Sockel neben dem Kellereingang.

„Hallo, ist hier jemand?" Hämmerle sah sich suchend um. Vorsichtig öffnete er die Kellertür einen Spalt und linste hinein. Verdammt. Sie waren zu spät. Kommissar Stefan hatte keine Zeit verloren. Er saß ein paar Stufen tiefer im Halbdunkel des Kellergewölbes mit dem alten Merzbacher an einem roh gezimmerten Holztisch. Die beiden Männer hatten mehrere Flaschen Wein vor sich stehen. Hämmerle zog Fanny zu sich heran und öffnete die Tür ein wenig mehr. Sie konnten jedes Wort verstehen.

„Der do, Herr Kommissär," der alte Merzbacher deutete auf eine der Flaschen, „der war dem Hofer auch nimmer gut g'nug."

„Lachhaft!" Stefan hielt sein Glas zum Nachschenken hin. „Das ist doch ein Spitzengebräu, wenn ich das mal so sagen darf." Das Verhör dauerte anscheinend schon eine Weile.

„Schleimscheißer!" zischte Fanny wütend.

„Haben Sie eigentlich auch Trester, Herr Merzbacher?" wollte Stefan wissen.

„Ha jo", der Alte stand auf und kam ein paar Augenblicke später mit einer Flasche zurück. Der Kommissar hielt dem Winzer das Glas hin. Er schnüffelte kurz an dem Getränk, dann goss er es in einem Zug hinunter. „Ohlala!" kommentierte er.

„Der isch 12 Johr alt. Im Eichefass g'reift", klärte ihn Merzbacher auf. „Des isch sozusage der Rolls Royce unter de Treschterschnäps, wenn ich des emol so sage darf. Aber de Hofer het g'sait, der kratzt im Nachgang."

„Kann ich nicht behaupten." Stefan ließ sich nachschenken.

Hämmerle leckte sich die Lippen. „Ich befürchte, hier können wir nichts mehr ausrichten", flüsterte er Fanny zu.

In diesem Augenblick klingelte ein Handy die ersten Takte des „Kriminaltango".

„Das ist Stefans. Wie ich diese Melodie hasse." Fanny verdrehte die Augen.

Im Keller wühlte Stefan in seiner Hosentasche. Umständlich kramte er das Telefon hervor. „Ja?" schnauzte er in den Apparat.

Es war eine Weile still. Dann ein erneutes „Ja, mmh, jaja, sonst habt ihr nichts? Und deshalb ruft ihr mich an? Das kann doch warten. Eins nach dem anderen. Ich fahr zu Hofer, so bald ich hier fertig bin." Er schaltete das Handy aus.

„Alles Pfeifen", erklärte er dem alten Merzbacher. „Ohne mich läuft in dem Laden doch gar nichts."

„Arschloch", Fanny war fast nicht mehr zu halten.

„So isch 's bi uns uff'm Hof au", der alte Merzbacher

nickte bekräftigend. „Was henner denn so wichtigs?“ Er goss kräftig Trester nach.
„Ach!“ Stefan kippte den Schnaps. „Angeblich gibt es neue Erkenntnisse im Fall Hofer.“ Er kicherte. „Und eine Ratte.“
„Waaas? Gibt's denn au so was?“ Merzbacher war baff.
„Der Hofer hat im Kommissariat angerufen, weil er ein Bekennerschreiben mit einer toten Ratte bekommen hat“, erklärte Stefan. „Sieht ganz so aus, als würde die Chinesenmafia hinter der Sache stecken. Ich hab sowieso nicht so recht daran geglaubt, dass Sie was mit dem Anschlag zu tun haben.“ Er hielt Merzbacher sein leeres Glas hin.
Der Alte grinste. „Ha do hätte Sie mi au gleich frage könne. I war die letzt Nacht beim Skat. S'isch e bissle später worde. Die Adresse von mine Kumpel kann i Ihne gern gebe. Mi Neffe war au debii.“
Stefan winkte ab: „Geschenkt“, sagte er.
Der alte Merzbacher goss kräftig nach.

„Schöne Pleite. Den Merzbacher können wir erst mal abhaken. Da war der Herr Hauptkommissar ausnahmsweise mal schneller.“ Hämmerle haute den Rückwärtsgang rein. „Wenn wir uns beeilen, sind wir wenigstens vor ihm bei Zeitmann“, knurrte er. „Der Stefan ist ja jetzt beschäftigt. Wir fahren nach Badenweiler“, entschied er.
Auf dem schmalen Weg vom Weingut hinunter zur Landstraße kam ihnen ein blau-metallic farbenes Mazda-Cabrio entgegen.

„Das ist Brändle“, sagte Fanny, als die beiden Wagen langsam aneinander vorbeifuhren. „Was will denn der bei Merzbacher?“
Hämmerle schielte zu dem blonden jungen Koch hinüber. Der sah wirklich gut aus, das musste ihm der Neid lassen. Noch besser als Dieter Pikulski.
„Keine Ahnung, vielleicht geht er Wein kaufen. Aber sicher nicht für Hofers Weinkeller.“ Hämmerle gab Gas.

Der Benz bretterte schon eine ganze Weile Richtung Kurort als Hämmerle hinter Ballrechten-Dottingen fragte: „Hast du das eigentlich mit den Chinesen kapiert?“
„Nicht so genau.“ Fanny nahm ihr Handy. „Am besten, ich ruf mal im Präsidium an.“ Sie tippte eine Nummer.
„Besetzt“, sagte sie. „Ich probier's später noch mal.“

Rolf Zeitmann, Deutschlands bedeutendster Testesser, hatte sich die äußerste Südwestecke Deutschlands für den nahenden Ruhestand ausgesucht. In dem beliebten Kurort Badenweiler, in dem sozusagen das ganze Jahr über Frühherbst war, lebte er seit einigen Jahren mit Frau und Haustieren und brachte regelmäßig die einheimischen Gastronomen mit ihrer angeblichen „Plumpsküche“ zum Kochen. Den Rest der Zeit verbrachte er damit, sich auch in den anderen europäischen Regionen unbeliebt zu machen.
„Hast du eigentlich gewusst, dass hier in Badenweiler schon die Römer gebadet haben?“ fragte Hämmerle als sie an den Cassiopeia Thermen vorbeikamen. „Um 75

nach Christus haben sie hier die Bäder gebaut;" dozierte er, „die waren 200 Jahre lang in Betrieb. Quasi bis die Germanen kamen. Da war dann Schluss mit der Hygiene. Außerdem lebte Hermann Hesse hier. Und Nietzsche hat hier auch schon gekurt."
„Da ist es", Fanny deutete auf eine düstere Jugendstilvilla am Rand des Kurparks. „Komm, versuchen wir unser Glück."
Der Hausherr öffnete selbst. Über einer ausgebeulten braunen Cordhose trug er trotz der sommerlichen Temperaturen eine verfilzte beige Strickweste. Die Fliege, die unter dem Hemdkragen vorlugte, war ebenfalls von verwaschenem Braun.
„Bitte? Sie wünschen?" fragte er kühl und warf den Störenfrieden einen unfreundlichen Blick über die randlosen Gläser seiner Lesebrille zu.
„Kripo Freiburg", sagte Fanny knapp und zeigte sekundenschnell ihren Dienstausweis. „Duffner mein Name, und das ist Herr Hämmerle. Entschuldigen Sie die Störung. Aber wir haben ein paar Fragen an Sie. Dürfen wir hereinkommen?"
Kulinarisch gesehen war der Besuch bei Deutschlands Testesser Nummer Eins ein Reinfall. Es gab noch nicht mal ein Glas Wasser. Ansonsten allerdings schenkte Zeitmann dem Duo reinen Wein ein. Er machte aus seiner Abneigung gegen Manfred Hofer und dessen Restaurant keinen Hehl.
„... und dann noch diese Arroganz. Dass er nicht kochen kann, okay. Das ist ja leider Standard. Aber was einem in dieser Klitsche sonst noch geboten wird, ist

einfach ungeheuerlich. Der Service, die Weinkarte, alles grauenhaft. Und dann haben sie noch nicht mal Absinth an der Bar. Das muss man sich mal vorstellen."
Zeitmann schnappte nach Luft und ging zur Bar. Dort kippte er einen ordentlichen Wodka. „Und dann," er wischte sich mit dem Handrücken über den Mund und setzte sich wieder, „muss man sich von diesem Parvenü auch noch beleidigen lassen."
„Darauf wollten wir gerade zu sprechen kommen", unterbrach Fanny.
Aber Zeitmann war in Fahrt. „Dieser Kretin glaubt doch tatsächlich, er könne mir ans Bein pinkeln. Mir! Lädt den Chefredakteur in seine Klitsche ein. Dass ich nicht lache. Dann schreib ich eben woanders."
„Sie hätten also Grund gehabt, sich an Hofer zu rächen", stellte Jean-Marie fest.
Rolf Zeitmann nahm die Brille ab und musterte Hämmerle mit hochgezogenen Augenbrauen. „Mein lieber junger Freund, ich glaube, Sie sind total übergeschnappt. Manfred Hofer ist für die deutsche Küche so wichtig wie ein Sack Reis in China. Ich habe es nicht nötig, mich an einem solchen Plumpskoch zu rächen."
Er zog ein riesiges kariertes Taschentuch hervor und wienerte an seiner Brille herum. „Ich nehme an, Sie ziehen es vor, sich zu entschuldigen und auf der Stelle zu verschwinden. Andernfalls werde ich mich beim Polizeipräsidenten beschweren. Er ist zufällig mein Golfpartner. Handicap 54, aber nun gut." Er ging zur Tür.
„Gnädige Frau," Zeitmann musterte Fanny von oben bis unten, „wie schade, dass wir unter diesen unerfreuli-

chen Umständen Bekanntschaft machen mussten.“ Er riss die Tür auf und deutete nach draußen. „Und jetzt raus, aber dalli.“

„So ein Arschloch“, Hämmerle haute mit der Faust wütend aufs Armaturenbrett. „Was fällt diesem arroganten Schnösel eigentlich ein? Sich die ganze Zeit umsonst durchfressen, aber auftreten wie Graf Rotz. Das hab ich gern.“
Fanny antwortete nicht. Wenn an der Geschichte mit dem Polizeipräsidenten was dran war, konnte sie sich auf einiges gefasst machen. Und bei der ganzen Aktion war noch nicht mal was rausgekommen. Sie schluckte.
In diesem Augenblick klingelte das Handy. Ihr Herz rutschte in die Hose.
„Duffner“, meldete sie sich mit belegter Stimme. Aber es war nicht der Polizeipräsident. Es waren nur die Kollegen, die auf der Suche nach Kommissar Stefan waren. Soeben war der wutschnaubende Hofer im Präsidium aufgetaucht und hatte dem diensthabenden Beamten das Bekennerschreiben mitsamt der toten Ratte auf den Schreibtisch geknallt. „Das nächste Mal hängen wir dich an was anderem auf,“ stand dort. „Das war nur der Anfang, Hofer.“ Mehr nicht.
„Seit Stunden warte ich, dass einer von euch auftaucht“, hatte Hofer mit geschwollenen Stirnadern gebrüllt. „Tut endlich was!“ Dann hatte er den Beamten grob beschimpft und darauf bestanden, in Schutzhaft genommen zu werden.

„Der große Hofer“, Fanny saß am Stammtisch des Litfass und kriegte sich immer noch nicht ein. „Könnt ihr euch vorstellen, dass der freiwillig in den Knast will?“

Pikulski sah mit flackerndem Blick in die Runde. „Stellt euch mal vor, die Chinesen würden mich in den Kühlraum hängen. Nicht auszudenken!“

„Wieso,“ fragte Hämmerle, „du hast doch gar keinen.“

Dieter ignorierte den Einwand. „Was war eigentlich mit den übrigen Verdächtigen?“ fragte er argwöhnisch. „Ihr wart ja schließlich den ganzen Tag unterwegs.“

„Also,“ Hämmerle kam ein wenig ins Stocken, „wir mussten uns erst mal ein Bild von ihnen machen.“

„Die Ermittlungen stehen ja sozusagen noch am Anfang“, sprang Fanny bei. „Der Merzbacher hat wohl ein Alibi. Bei Zeitmann müssen wir noch recherchieren.“

„Ich glaube sowieso, dass es der Liebhaber war“, sagte Dieter. „Kommt zwar im Ergebnis auf dasselbe raus, aber das Motiv ist wenigstens verständlich. 98 Prozent aller Verbrechen passieren nun mal aus Leidenschaft, das ist sicher.“

„Wo hast du denn diese Zahlen her?“ wollte Fanny wissen.

„Statistik“, sagte Dieter. „Streng wissenschaftlich.“ Er sah zu seiner Mutter hinüber. „Mehr sag ich dazu nicht.“

„Schon möglich,“ sagte Hämmerle, „aber trotzdem. Eins ist klar: Wenn an der Sache mit der Chinesenmafia was dran ist, sind wir hier tatsächlich in Gefahr. Da geht es garantiert um Schutzgeld. Über kurz oder lang kommen

die Schlitzaugen auch hierher und wollen abkassieren."
„Die sollen bloß kommen!" Gertrud Pikulski legte demonstrativ das große Bratenmesser aus der Küche in die Tresenschublade. „Sicher ist sicher", sagte sie grimmig.
„Dass die Chinesenmafia jetzt auch in Freiburg aktiv ist, ist mir neu", Fanny zupfte nachdenklich an ihrem Ohrläppchen. „Die Italiener, okay, das ist ja schon ein alter Hut. Die gehören quasi zum Inventar, wenn irgendwo jemand 'ne Kneipe aufmacht."
Hämmerle sah sich um. Weit und breit kein Italiener. Genau genommen war überhaupt kein Gast zu sehen.
„Das war doch zu erwarten mit den Chinesen", Gertrud Pikulski lehnte sich über den Tresen, „bei dieser Partnerschaft mit Matsuyama."
„Aber Mama, Matsuyama liegt in Japan." Pikulski verdrehte die Augen.
„Gelb ist Gelb, Bub."
„Hilft alles nichts", sagte Hämmerle mit einem Seitenblick auf Fanny. „Wenn wir den Fall lösen wollen, müssen wir allen Spuren nachgehen. Auch der ‚Spur der Ratte'. Aber wir haben ja noch unseren Hauptkommissar Stefan." Hämmerle grinste. „Soll der doch zuerst mal rausfinden, ob an der Spur mit der Chinesenmafia was dran ist. Schließlich sind die Burschen gefährlich und dafür wird er ja bezahlt. Und wir," er stupste Fanny in den Arm, „wir sind ja zum Glück immer auf dem Laufenden. Wenn es sich ergibt, können wir im rechten Moment zuschlagen. Aber zuerst fahren wir raus zu Hofers Gattin. Kaffee trinken."

Das Land der Griechen mit der Seele suchen

Manfred Hofers Villa in Littenweiler sah aus wie das Anwesen eines Hollywood-Tycoons, nur kleiner. So ganz gereicht hatte es dann doch nicht. Aber zum Angeben war es immer noch genug. Das Haus lag am Hang, und der Architekt hatte verzweifelt versucht, den Baustil des klassischen Altertums in die hügelige Topographie des Schwarzwalds einzupassen. Weiße Bogengänge und Säulen grenzten die Terrasse zu dem steil abfallenden Grundstück ab. Ein Brunnen sah aus, als wäre er Conrad Ferdinand Meyers berühmtem Gedicht nachempfunden:

Auf steigt der Strahl
Und fallend gießt er voll der Marmorschale Rund.

Den Boden des Pools zierte ein Mosaik, das einen Knaben auf einem Delphin zeigte.

Juliane Hofer passte perfekt in diese Umgebung. In ihrem langen weißen Kleid erinnerte sie Jean-Marie von Ferne an die weibliche Hauptrolle in einem Sandalenfilm. Das dunkelbraune Haar trug sie hochgesteckt. Nur der Rauhaardackel, der ihr ständig zwischen den Beinen herum lief, störte das Bild ein wenig.

Fanny und Hämmerle hatten sich als Mitarbeiter der Kripo vorgestellt und Frau Hofer war zum Glück nicht auf die Idee gekommen, sich den Ausweis zeigen zu lassen. Dafür hatte sie die beiden Gäste zu einer so ausführlichen Besichtigungstour des Hoferschen Anwesens genötigt, dass Hämmerle die Füße wehtaten. Nun saßen sie am Rand des Pools auf einer Hollywood-

Schaukel und schlürften grässlich süßen Samos-Wein. Hämmerle hüstelte: „Frau Hofer, können Sie sich vorstellen, wer diesen Anschlag auf Ihren Mann verübt hat?“

„Aus den Geschäften meines Mannes habe ich mich immer rausgehalten.“ Frau Hofer zuckte mit den Schultern. „Ich habe gehört, es seien irgendwelche Chinesen gewesen.“

„Hatte Ihr Mann Feinde?“ wollte Fanny wissen.

„Feinde? Jede Menge. Ich glaube, der hatte fast nur Feinde. Ist ja auch kein Wunder.“

„Wie meinen Sie das?“ hakte Hämmerle ein.

„Sie haben ihn doch kennen gelernt.“ Juliane lehnte sich zurück und zündete sich eine extraschlanke Damenzigarette an. Energisch blies sie den Rauch durch die Nase.

Fanny räusperte sich: „Wir vermuten eher, dass die Motive der Tat im häuslichen Bereich zu suchen sind.“

„Wie kommen sie denn darauf?“ fragte Juliane Hofer schrill.

„Wir haben da so bestimmte Hinweise“, Hämmerle kam ein wenig ins Schleudern.

„Was für Hinweise?“ Frau Hofer wurde puterrot.

Fanny lehnte sich vor. „Nun, Frau Hofer, so von Frau zu Frau gesprochen,“ sie streifte Hämmerle mit einem flüchtigen Blick, „also man munkelt, dass Sie ein Verhältnis mit dem“, sie räusperte sich, „italienischen Gastronomen Giovanni di Pompa haben. Und nun müssen wir der Sache nachgehen. Wo waren Sie zur Tatzeit?“

„Immerhin werden 98 Prozent der Verbrechen aus Leidenschaft begangen“, assistierte Hämmerle.
„Was wollen Sie denn damit sagen?“ Frau Hofers Stimme kippte über. „Das ist ja, also, das ist ja eine Unverschämtheit. Sie verdächtigen mich? Haben Sie noch alle Tassen im Schrank?“
Hämmerle plusterte sich auf. „Also, Frau Hofer, ich muss doch sehr bitten, Sie sprechen hier schließlich quasi mit dem Arm des Gesetzes.“
„Nun machen Sie schon“, Fanny sah auf ihre Uhr. So langsam wurde sie nervös. Wenn Stefan hier plötzlich auftauchte und Hämmerle sah - nicht auszudenken. „Wo waren Sie also zum Zeitpunkt des Anschlags auf Ihren Mann? Wenn Sie uns jetzt nicht antworten wollen, müssen wir Sie mit aufs Präsidium nehmen.“
Das zog.
„Ich war zu Hause“, sagte Juliane Hofer kleinlaut.
Hämmerle kritzelte in einem Notizbuch herum. „Kann das jemand bezeugen?“ fragte er.
„Nein“, Frau Hofer drückte nervös ihre Zigarette aus. „Ich war allein.“

„Bingo!“ strahlte Hämmerle, als sie wieder im Auto saßen. „Eine Verdächtige ohne Alibi. Das ist doch schon mal was.“
Er brauste los. Fanny sah ihn zweifelnd an: „Glaubst du im Ernst, dass die ihren Mann an den Fleischerhaken gehängt hat? Das schafft die doch im Leben nicht.“
„Sicher nicht allein“, räumte Jean-Marie ein. „Aber ich vermute mal, sie hatte jemandem zum Helfen. Sieht so

aus, als sollten wir dem Pizzabäcker mal auf den Zahn fühlen."
„Gute Idee," erwiderte Fanny, „mal sehn, was der Typ so drauf hat." Sie grinste. „Frau Hofer hat bestimmt ihre Ansprüche."

In Freiburgs Osten brummte der Verkehr. Wie die Gegner der B 31 vorher gesagt hatten, fühlten sich die Autofahrer aus ganz Europa von der nagelneuen Trasse magisch angezogen. So kam die Welt nach Freiburg: Lkws aus Moskau bretterten beladen mit Krimsekt über Freiburg nach Madrid, Schwerlastzüge aus Spanien karrten ihren Cava zu den happy few im Kreml. Und die Anlieger durften endlich auch den Duft der großen weiten Welt schnuppern. Nicht allen gefiel diese Form der Globalisierung: Auch Monate nach Eröffnung der transkontinentalen Rennpiste sammelten ein paar Aktivisten aus der Oberwiehre unterstützt von der katholischen Kirchengemeinde und Greenpeace immer noch Unterschriften gegen der Bau der neuen Straße.
Selbst die Bauern protestierten, allerdings nicht gegen die Straße, sondern auf ihr. Sie hatten die Vorteile der neuen Verkehrsverbindung für ihre Zwecke entdeckt. In unberechenbaren Abständen sperrten sie unter der straffen Führung des Bauernverbandes die Trasse mit ihren Traktoren und Mistwagen. Seit die heimische Nahrungsmittelproduktion immer öfter negativ in die Schlagzeilen geraten war, ging es bei den Bauern mehr oder weniger ums nackte Überleben. Ob es verbotene Spritzmittel im Obst waren oder Nitrate im Gemüse,

Antibiotika in Putenschnitzeln oder genetisch veränderte Maiskörner im Farmersalat, Allergie auslösende Geschmacksverstärker in Pizza und Pasta oder Nitrofen in Öko-Eiern - die Bauern sahen sich, Hand in Hand mit den Verbrauchern, als Opfer, nicht als Täter. Seit Rinderwahn und Schweinepest auch die einsamsten Schwarzwaldhöfe erreicht hatte, war den selbst ernannten Anwälten einer „sauberen" Landwirtschaft und ihrem mächtigen Verband endgültig der Kragen geplatzt. Es war zwar noch immer nicht gelungen, der ratlosen Öffentlichkeit klar zu machen, warum die Bauern sozusagen gegen sich selbst protestierten, aber egal. Auf jeden Fall sorgten sie mit ihren Protestaktionen, Straßensperren und Misthaufen immer wieder für Naserümpfen und Gesprächsstoff. Der eine oder andere Landmann war sogar schon von dem einen oder anderen wütenden Autofahrer verprügelt worden. Aber das war für den Verband nur ein willkommener Anlass, den Bauernstand und seine Funktionäre insgesamt zu Märtyrern zu machen.
Traditionell war Jean-Marie seit dem Bauernkrieg von 1525 eher auf der Seite der Bauern, auch wenn er nicht genau wusste wieso. Dagegen war seine Haltung zur B 31 schon klarer. Er hatte inzwischen sogar eine eigene Form des Widerstands gegen die Straße gefunden, nachdem er jahrelang und vergeblich den Protest theoretisch voll und ganz unterstützt hatte. Er nahm nach wie vor die alte Trasse durch Ebnet, wenn auch mit schlechtem Gewissen. Immerhin, er war nicht allein. Der Verkehr staute sich regelmäßig auf der alten und auf der neuen Straße.

Auch bei ihrer Rückfahrt von Frau Hofers klassischem Anwesen in die Freiburger Innenstadt ging am alten Messplatz für Hämmerle und Fanny nichts mehr.
„Scheiße, was ist denn nun schon wieder?“ Fanny kurbelte die Scheibe runter und lehnte sich hinaus. „Da vorne steht was.“ Sie kniff die Augen zusammen. „Gemeinsam sind wir stark. Bauern und Bürger Hand in Hand“, buchstabierte sie. „Die haben schon wieder die Straße gesperrt. Die spinnen doch. Halten den ganzen Verkehr auf. Das geht bis vor zur Ganter-Brauerei.“
„Genau das wollen die doch“, dozierte Hämmerle. „Auf sich aufmerksam machen.“
Und richtig. Vom strategischen Standpunkt aus hatten sich die Bauern die ideale Stelle für ihren Protest ausgesucht. Mit nur zwei Traktoren, ein paar Kühen und einem Transparent produzierten sie einen Stau gleich auf zwei Straßen. Einen kleineren auf der alten Trasse und einen, der fast bis zum Kappler Knoten hinter Littenweiler reichte. Das ohrenbetäubende Hupkonzert der Autofahrer auf der neuen Straße wurde kaum durch die massiven Tunnelwände gedämpft.
„Kannst du mir mal erklären, was die eigentlich wollen?“ fragt Fanny.
„Die sind gegen Massentierhaltung.“
„Aber wieso denn? Das machen die doch selbst.“
„Die werden doch quasi dazu gezwungen. Also von der Internationalisierung des Lebensmittelmarktes. In Brüssel verlangt man doch, dass die Kühe am Fließband hergestellt werden.“

Fanny verstand kein Wort. „Also ich verstehe kein Wort“, sagte sie.
„Sag mal, wo wohnt dieser di Pompa noch?“ Hämmerle konnte sich im letzten Augenblick vor Fannys Fragen retten. Die EU-Subventionspolitik gehörte nicht gerade zu seinen Spezialgebieten.
„Keine Ahnung. Aber seine Pizzeria hat er im Rieselfeld. Das heißt, wir müssen da durch.“ Fanny deutete auf die Blechlawine vor ihnen, die Stoßstand an Stoßstange die Schwarzwaldstraße blockierte.
„Weißt du was? Das kann hier noch Stunden dauern. Di Pompa kann bis morgen warten. Diesmal wird uns Stefan nicht zuvor kommen. Ich glaube nicht, dass er nach seinem Besuch bei Merzbacher heute noch in der Lage ist, irgendwelche Verdächtige zu vernehmen. Wir parken die Kiste und ich lade dich zu einem Tsatsiki ein.“ Hämmerle zeigte auf das Freiburger Ouzo Stüble, neben dem sie mit dem Benz der Taxizentrale zum Halten gekommen waren.
Die Mäander am Kneipenschild kündeten vom sonnigen ΕΛΛΑΣ. Eine Tafel am Straßenrand versprach die Genüsse des klassischen Griechenlands: Souflaki, Moussaka und gemischte Vorspeisenplatte.
„Einverstanden“, kicherte Fanny. „Aber mit extra Knoblauch. Dagegen ist Stefan nämlich allergisch.“

Nach dem dritten Ouzo kam sich Hämmerle an diesem heißen Tag vor wie auf dem Olymp. Hier oben war alles ganz einfach. Er würde Fanny heiraten, ein großer Philosoph werden und die Geschichte des klassischen

Altertums neu schreiben. Die Fischernetze an der Decke, die von reichem Fang erzählten, und die Bilder von der Akropolis und der Insel Santorini, dem sagenhaften Atlantis, taten das ihre.

„Das Land der Griechen mit der Seele suchen", schwärmte er. „Darum geht es doch. Das ist es doch, was wir wollen. Das hat schon Goethe gesagt."

„Und?" fragte Fanny und nahm noch eine eingelegte Knoblauchzehe, „hat er's gefunden?"

Hämmerle sah Fanny tief in die Augen. „Er ist ein Suchender geblieben. Er hat sein Leben lang quasi die geistig-seelische Tiefe in der sinnlich-vollkommenen Schönheit gesucht." Er machte eine kleine Pause. „Genau wie ich. Eigentlich hat Goethe die Sehnsucht gemeint, Fanny. Weißt du," er schob seine Hand näher zu ihrer, „dass ich schon immer ..."

Weiter kam er nicht. Klirrend ging die große Scheibe mit dem blauen Schriftzug „Freiburger Ouzo Stüble" zu Bruch. Der Stein fegte den blau-weißen Leuchtturm von der Altenmünster-Erlebnisbier-Zapfanlage und landete platschend im Spülbecken. Der Bauernverband hatte offensichtlich seine Taktik geändert und den Protest auch auf die Vertretungen der übrigen EU-Staaten ausgedehnt.

Internationale Küche

Das Interieur der Freiburger Osaka-Bar war klassisch japanisch. Lackiertes Holz, niedrige rote Polster und Ikebana-Gestecke aus dürren Zweigen ließen den kargen Raum noch unwirtlicher wirken. Daran änderte auch die Reproduktion von Maruyama Okyos „Kiefern im Schnee“ (um 1775) nicht viel. Nichtsdestotrotz nahm die Freiburger Schickeria begeistert auf den unbequemen Hockern Platz, mümmelte ohne eine Miene zu verziehen rohen Lachs und Fischrogen und schwärmte von Reduktion und Harmonie.
Hinter dem langen Tresen werkelte der Sushi-Koch und zerlegte mit seinem Riesenmesser die mit Noriblättern umwickelten Reisrollen in mikroskopisch kleine Teile. Vor sich hatte der „itamae“ eine ganze Armada von Schüsseln und Tiegeln aufgereiht. Mit bloßen Fingern bastelte er klebrige Sushi oder Sashimi und arrangierte sie kunstvoll in schwarzen Lackkästchen.
Das Spezialitätenlokal verzeichnete einen für die Mittagszeit ungewohnten Besucheransturm. Angeführt vom Freiburger Alt-OB hatte sich eine Delegation aus der japanischen Partnerstadt Matsuyama zum Lunch eingefunden. Die empfindlichen asiatischen Verdauungssysteme kamen, so glaubte man in der Breisgau-Metropole, mit der badischen Küche nur bedingt zurecht, und die Gäste aus Fernost hatten sich auch dankbar über Nigri-Sushi, Gunkan-maki und Californian Rolls hergemacht. Lediglich der Alt-OB hatte eine gekochte Fischvariante vorgezogen. Nun war man beim

Nachtisch angelangt und das ehemalige Stadtoberhaupt zog das Manuskript für eine kleine Rede hervor.
„Meine lieben Freundinnen und Freunde", begann er. „Bei uns in Freiburg weiß man, dass das japanische Volk nicht nur einen ausgeprägten Sinn für Schönheit hat, sondern diese Harmonie auch lebt. Ich konnte mich bei meinen zahlreichen Besuchen in Ihrer schönen Heimat selbst davon überzeugen, dass ..."
Mitten im Satz begann die Tischgesellschaft unruhig zu werden. Ungeachtet der japanischen Höflichkeit sprangen die ersten Gäste von den Tischen auf und stürzten unter angedeuteten Verbeugungen zum Ausgang. Der Alt-OB sah ratlos um sich. Ein paar Sekunden später saß er allein am Tisch.

„Ihr müsst die Würfel kleiner schneiden, sonst dauert es ewig bis die gar sind." Gertrud Pikulski angelte mit spitzen Fingern nach einem zu groß geratenen Kartoffelstück und zersäbelte es. „Außerdem müsst ihr euch ein bisschen beeilen. Sonst haben wir heut kein Abendessen."
„Was gibt's denn dazu?" fragte Hämmerle.
„Das wird ein Gaisburger Marsch." Mutter Pikulski rauschte in die Küche zurück.
Ihr Sohn Dieter verdrehte die Augen. Dann machte er sich über die nächste Kartoffel her. „Kein Wunder, dass keiner mehr kommt."
„Wie hoch ist hier eigentlich der Stundenlohn?" fragte Hämmerle so laut, dass es auch Mutter Pikulski in der Küche hören konnte. Er ließ grinsend eine geschälte

Kartoffel ins Wasser plumpsen.
„Reicht das immer noch nicht mit den Kartoffeln, Mama?“ fragte Pikulski. „Wer soll denn das alles essen?“
„Das frag ich mich auch“, murmelte Jean-Marie. „Wenn das hier so weitergeht, könnt ihr beide bald für euch alleine kochen.“
Zum Glück hatte Mutter Pikulski die letzte Bemerkung nicht gehört. Sie hatte schon Sorgen genug. Ihre ganzen Ersparnisse waren in Dieters Scheinselbstständigkeit geflossen. Ihr Geld könnte sie in den Wind schreiben, wenn nicht bald was passierte.
In diesem Augenblick flog die Tür auf. „Habt ihr schon das neuste gehört?“ Fanny knallte ihre Handtasche auf den Tisch, dass das Wasser im Kartoffeltopf überschwappte. Ohne eine Antwort abzuwarten platzte sie heraus: „In der Osaka-Bar ist eine ganze Gruppe Japaner vom Hocker gekippt. Das waren Gäste vom Alten.“
„Von Stefan?“ fragte Hämmerle.
„Nein, vom Alt-OB“, erwiderte Fanny.
„Oh Gott“, Frau Pikulski kam aus der Küche und hielt die Hand an den Mund. „Ist dem armen Mann was passiert? Der ist doch grad erst in Rente!“
„Nein“, sagte Fanny ungeduldig. „Der hat nichts. Aber die anderen sind mit Fischvergiftung ins Krankenhaus gekommen. Die haben alle das gleiche gegessen. Sushi. Bis auf den Alten.“
„Ich sag doch immer: Roher Fisch ist gefährlich.“ Frau Pikulski klopfte mit dem Zeigefinger auf den Tisch.
„Da haben wir ja direkt Glück gehabt, dass wir gestern

im Ouzo Stüble keinen Fisch gegessen haben, was Jean-Marie?" Fanny nahm einen Schluck aus Hämmerles Bierglas. „Aber der Hammer kommt noch."
„Ouzo Stüble?" Pikulski runzelte die Stirn. „Wieso Ouzo Stüble?" fragte er misstrauisch.
Hämmerle lief knallrot an.
„Reine Recherchezwecke", stotterte er. „Wir waren doch bei der Hofer. Und dann wollten wir uns ihren Lover vornehmen. Aber die Bauern hatten mal wieder die Straße gesperrt."
„Und da sind wir halt ins Ouzo Stüble", sagte Fanny ungeduldig. „Jetzt lasst mich doch mal erzählen."
„Und dann hat jemand im Ouzo Stüble die Scheiben eingeschmissen", unterbrach Hämmerle schnell. „Als die Bullen anrückten, wollte Fanny weg, weil sie ihren Kollegen nicht begegnen wollte. Dann sind wir zu mir, meine Wohnung ist ja quasi gleich um die Ecke. Zu di Pompa konnten wir ja eh nicht mehr, weil die ganzen Straßen verstopft waren."
„Ach." Pikulski sah Hämmerle scharf an.
„Spinner!" Fanny nahm eine Kartoffel und warf sie in den Topf, dass es spritzte. „Was du immer denkst. Es sind doch nicht alle Kerle so wie du, was Jean-Marie?"
„Psst!" machte Dieter mit einem nervösen Blick auf seine Mutter.
Fanny strich Hämmerle über die Stirnglatze und lachte. „Wir haben uns nur seine Briefmarken angesehen. Und jetzt will ich Jean-Marie meine Sammlung zeigen."
„Hört mal," maulte Pikulski, „ich schinde mich hier ab und ihr ..."

„Jetzt hör endlich auf. Entweder hört ihr jetzt zu, oder ich gehe."

„Lass des Mädle mal ausschwätze." Gertrud Pikulski wischte sich die Hände ab und setzte sich mit einem großen Glas Apfelschorle an den Stammtisch.

„Also", Fanny machte eine Kunstpause. „Meine Kollegen waren ausnahmsweise mal auf Zack und haben recherchiert. Und jetzt haltet euch fest: Die Osaka-Bar gehört Manfred Hofer."

„Bingo", sagte Hämmerle und haute auf den Tisch. „Da scheint aber jemand richtig böse auf Hofer zu sein."

Gertrud Pikulski wiegte den Kopf hin und her: „Aber vielleicht wollten die ja nur den alten Herrn Oberbürgermeischter ..."

„Ach was," grinste Hämmerle, „dem tut doch keiner was. Das war doch der beste OB, den Freiburg jemals hatte. Behauptet er zumindest."

„Die Kollegen haben sogar noch mehr herausgefunden", Fanny nahm noch einen Schluck Bier, diesmal aus Pikulskis Glas. „Juliane Hofer hat wieder kein Alibi."

„Sag ich doch: Juliane und der Pizzabäcker", triumphierte Pikulski. „98 Prozent der Verbrechen werden aus Leidenschaft begangen."

„Da ist Stefan ganz anderer Meinung. Auf der Tür zum Kühlraum hat man ein chinesisches Schriftzeichen gefunden. Und auf der Schwelle lag eine tote Ratte. Jetzt ist dieser Schmalspur-Derrick endgültig davon überzeugt, dass die Chinesenmafia dahinter steckt. So was hat er angeblich in Berlin schon erlebt", Fanny zog die Augenbrauen hoch. „Er hat das gesamte Kommissariat auf die ‚Chinesenspur' angesetzt. Der glaubt, dass er auf seine alten Tage noch dem internationalen organisierten Verbrechen auf die Spur kommt. Der ist nicht wiederzuerkennen. Stefan und die Peking-Connection!" Fanny tippte sich an die Stirn. „Der hat sie doch nicht alle."

„Anstatt sich um das Naheliegende zu kümmern." Hämmerle schüttelte den Kopf. „Wird Zeit, dass wir uns Herrn di Pompa endlich vorknöpfen. Komm, Fanny. Tut mir leid, Frau Pikulski," er zeigte auf den Kartoffelberg, der noch ungeschält auf dem Tisch lag, „aber die Pflicht ruft."

Hämmerle war lange nicht im Rieselfeld gewesen. Er bog von der Guilford-Allee ab in den neuen Stadtteil im Freiburger Westen. Den Wegweiser zur „Hundeschule Kohne" ließ er rechts liegen und fuhr direkt in Richtung Maria-von-Rudloff-Platz. Die adlige Freiburgerin (1899–1992) hatte sich im letzten Jahrhundert besonders durch die Unterstützung der Frauen- und Sozialpolitik hervorgetan.

„Wurde auch Zeit, dass man mal ein paar Straßen nach Frauen benennt", sagte Fanny spitz. „Man könnte gerade meinen, die Welt besteht zu 95 Prozent aus Männern."

„Jawoll! Da muss man was tun!" bestätigte Hämmerle ohne rot zu werden. Schließlich bestimmte hier das Ziel den Weg. Und das Ziel hieß Fanny.

„Da vorne ist es." Fanny deutete auf einen pseudotoskanischen Wohnblock mit arkadengezierten Eckbalkonen und einem flach abfallenden Ziegeldach. Im Erdgeschoss des pissgelb getünchten Hauses war di Pompas Pizzeria „Toscana“.

Hämmerle bog in eine Parkbucht ein. „Immerhin gibt's hier Parkplätze. Ein Wunder in Freiburg“, stellte er zufrieden fest. Er stieg aus und sah sich um. „Ganz schön bunt hier.“ Tatsächlich. Hier hatte sich ganz offensichtlich eine junge Architektengeneration ausgetobt. Holz, Glas, Beton, Häuser, die an Ozeandampfer erinnerten, standen neben nachgemachter Bauhausarchitektur, quadratische Kästen neben knallbunten Reihenhäusern, die aussahen, als würden sie jeden Moment auseinanderfallen. Ein riesiger Steindino bewachte den Spielplatz eines in den psychedelischen Farben der 70er Jahre gehaltenen Kindergartens. Nur das Kepler-Gymnasium wirkte merkwürdig düster. Hämmerle musste unwillkürlich an seine Lahrer Schulzeit denken.

Auch die Inneneinrichtung des „Toscana“ erinnerte täuschend echt an den 60er-Jahre-Charme aus Hämmerles Kindheit. Wo der Wirt die Korbflaschen her hatte, die massenhaft an den Wänden hingen, war wohl sein Geheimnis. Auch die Tropfkerzen fehlten nicht.

„Wir haben noch geschlossen“, kam es aus dem Halbdunkel hinter der Theke.

Hämmerle marschierte schnurstracks zum Tresen. „Herr di Pompa?“ schnauzte er. „Hämmerle, Kripo Freiburg.“ Bei „Kripo Freiburg“ nuschelte er ein wenig. „Und das ist Frau Duffner. Wir würden Sie gerne zum Fall Hofer befragen. Wie wir von Frau Hofer selbst erfahren haben, sind Sie ihr Geliebter. Sie hätten also ein Motiv

gehabt, Herrn Hofer zu überfallen. Wo können wir uns in Ruhe unterhalten?“ Er sah sich in der Kneipe um.
Der Wirt kam hinter der Theke vor. Ein echter Südländer, mit schwarzen Haaren und blitzenden Augen und mindestens zehn Jahre jünger als Juliane Hofer. Er musterte Hämmerle und seine Begleiterin. „Di Pompa, si“, sagte er mit einer kleinen Verbeugung. „Sie kommen also von der Kripo Freiburg. Wie war doch der Name?“
„Das tut jetzt nichts zur Sache“, Hämmerle war leicht verunsichert.
„Herr di Pompa“, sagte Fanny. „Die Sache ist ernst. Sie gehören zu den Verdächtigen. Sie hätten einen Grund gehabt, Hofer zu ermorden. Wo waren Sie also in der fraglichen Nacht? Auch ein Mordversuch ist keine Kleinigkeit. Sie sollten sich kooperativ zeigen.“
„Sooo“, sagte der Wirt gedehnt. „Sollte ich das?“ Er baute sich vor Hämmerle auf. „Sie wollen also von der Kripo sein. Für wie blöd hältst du mich? Glaubst du, ich wüsste nicht, wer bei der Freiburger Kripo ist? Die hängen doch ständig hier bei mir herum. Und du,“ di Pompa wandte sich an Fanny, „du solltest vorsichtiger sein, wenn du deinen Job behalten willst, Bella. Ein Wort von mir zu deinem Chef, und du bist ihn los.“
„He“, machte Hämmerle schwach.
„Was ist los?“ Giovanni di Pompa wirbelte herum. Plötzlich hatte er ein Stilett in der Hand. Blitzschnell schob er Hämmerle das Messer ins Nasenloch. „Möchtest du noch etwas sagen, du Qualle? Dann sag ich dir jetzt was. Ihr beide verschwindet hier, aber pronto. Ich

lass euch laufen und keiner erfährt was von eurem Besuch, auch nicht dein Chef, Schatz." Di Pompa strahlte Fanny an. Dabei zog er vorsichtig das Messer aus Hämmerles Nase. „Und ihr denkt daran, dass ihr mir einen Gefallen schuldig seid. Ich komme dann auf euch zu."

Eine halbe Stunde später hatte sich Hämmerle noch immer nicht gefangen. Fanny saß am Steuer des Benz und lenkte den Wagen zur Beruhigung durch die Wirtschaftswege am Schönberg. Ab und zu sah sie besorgt zu ihrem Beifahrer hinüber. Hämmerle war aschfahl und atmete flach. Der Schweiß stand ihm in dicken Perlen auf der Stirn.

„Ich finde, du warst klasse, Jean-Marie. Wie Jack Nicholson in Chinatown", log sie.

„Den knöpf ich mir vor. Mach dir keine Sorgen, Fanny", log Hämmerle.

Früchte des Zorns

Der nächste Morgen begann für Jean-Marie Hämmerle viel zu früh. Nicht von ungefähr bemühte er sich bei der Aufstellung des Dienstplans in der Taxizentrale immer um die Nachtschicht. Morgens um sechs war die Welt für ihn alles andere als in Ordnung. Aber so kam es, wenn man als einziger im Freundeskreis ein Auto hatte. Theoretisch zumindest, denn letztendlich gehörte der Benz immer noch der Taxizentrale. Dieters BMW jedenfalls stand schon seit geraumer Zeit auf dem Gelände der Gebrauchtwagenfirma Üzgür in der Freiburger Wiehre neben anderen PS-starken Fahrzeugen und wartete auf den Abtransport in den nahen oder fernen Osten.

Hämmerle bog auf das Gelände des Großmarkts und parkte den Benz möglichst nahe am Eingang. Aus den Tiefen seiner 501 kramte er Gertrud Pikulskis Einkaufszettel. Zwei Steigen Salat, eine Kiste Tomaten, Champignons, Äpfel und zwanzig Gurken. Hämmerle fragte sich, was daraus wohl wieder entstehen würde und, noch wichtiger, wer das Ganze essen sollte. Am Ende würde alles wieder an ihm hängen bleiben.

Er sah sich um. Eine Reihe übernächtigter und übergewichtiger Wirte teilte sein Schicksal. Er erkannte den einen oder anderen Kneipier wieder. Die Jungs waren nicht zu beneiden. Nicht genug, dass man Gefahr lief, im Kühlraum aufgehängt zu werden. Abend für Abend darauf zu warten, dass der letzte Gast aufgab, die

Stammkunden zum hundertsten Mal mit ihren Ehegeschichten fertig waren, die alleinreisenden Damen an der Bar den richtigen One-Night-Stand aufgegabelt hatten und die Betrunkenen alle in die Taxen der Kollegen verfrachtet waren - nein, das wäre kein Beruf für ihn. Er war ein Mann des Geistes. Armer Dieter, dachte er. Und die ganzen Weiber, die seinem Freund am Hals hingen - Jean-Marie schüttelte sich halbherzig und schlappte Richtung Gemüsehalle.

Am Spargelstand entdeckte er ein bekanntes Gesicht. Sein Adrenalinspiegel machte einen Satz nach oben. Vor den Gemüsekisten gestikulierte Giovanni di Pompa auf einen blonden Koch ein, der schon zu dieser frühen Stunde in seiner Arbeitskluft auf dem Großmarkt erschienen war. Der Mann trug einen kleinen goldenen Ring im linken Ohr. Er kam Hämmerle irgendwie bekannt vor. Richtig, das war Marc Brändle, der Souschef des Badischen Hofs. Hämmerle erinnerte sich eifersüchtig an den hübschen Kerl in seinem blauen Cabrio auf der Zufahrt zum Weingut Merzbacher und an Fannys Blicke. Jean-Marie tauchte so schnell er konnte hinter den Tomatenkisten ab.

Es dauerte eine halbe Ewigkeit, bis die beiden verschwunden waren und die zweite Hälfte, bis Hämmerle seinen Wagen endlich vollgeladen hatte. Schwitzend schob er seine Einkäufe auf den Parkplatz.

Da traf ihn die erste Tomate. Genau aufs rechte Ohr. Die Frucht zerplatzte und der Saft verteilte sich auf seinem ockergelben Lederwestchen. Eine zweite folgte direkt auf die Brille. Er nahm die Gläser ab und sah sich um, so gut es ging. Während seines Einkaufs hatte sich der Parkplatz des Großmarktes in eine Wagenburg verwandelt. Rings um ihn herum schmissen johlende Bauern von ihren Traktoren, was Felder und Gewächshäuser hergaben. Jeden Treffer feierten sie mit begeistertem Applaus. Dazu skandierten sie: „SCHLUSS MIT DEM AGRARIMPORT – KAUFT GEMÜSE NUR VOR ORT.“ Schmatzend zerplatzte eine Honigmelone vor Hämmerles Birkenstocksandalen. Neben sich hörte er jemanden aufschreien. Verschwommen erkannte er die blonde Wirtin von Gabi's Schnitzelparadies. Sie sah an sich hinunter und fing hysterisch an zu kreischen. „Ich blute!!“ Ein stadtbekannter Hotelier konnte gerade noch in seine S-Klasse flüchten, bevor ein Korb Blaubeeeren ans Seitenfenster knallte. Die Früchte flogen wie kleine Geschosse durch die Luft. Die meisten landeten in einem offenen Cabrio, dessen helle Ledersitze seinem Besitzer keine Freunde mehr machen würden. Der Protest des Bauernverbandes hatte eine neue Dimension erreicht. Mit voller Wucht knallte eine harte Knolle gegen Hämmerles Schädel. Das war genug. Bei seiner Flucht in den rettenden Benz der Taxizentrale ließ er alles, was er im Großmarkt mühselig zusammengeklaubt hatte, einfach stehen. Sollte Pikulski seinen Mist doch alleine machen. Mit quietschenden Reifen fuhr er vom Hof. Im Vorbeifahren zeigte er der Bauernbande den Stinkefinger. Strafe musste sein.

„Das ist vielleicht eine Schweinerei", Hämmerle rubbelte mit der einen Hand entnervt an seinem Lederwestchen herum. Die andere Hand presste einen Eisbeutel gegen die Stirn. „Das geht nie mehr raus", moserte er. „Und erst die Beule. Ich kann von Glück sagen, dass ich keine Gehirnerschütterung habe."
Gertrud Pikulski verdrehte die Augen. Dieser Jean-Marie war der gleiche Jammerlappen wie seine Mutter Marianne. Und zu nichts zu gebrauchen. Kein Wunder, dass er ihrem Dieter das Abitur versaut hatte. Noch nicht mal zum Einkaufen konnte man ihn schicken. Jetzt musste sie sehen, wie sie heute die Gäste satt kriegen sollte, vorausgesetzt, es gab welche. Hatte der Hasenfuß doch einfach die teuer bezahlten Einkäufe auf dem Großmarkthof stehen lassen, nur weil ein paar Bauern mit Tomaten geschmissen hatten. Das, da war sich Frau Pikulski sicher, wäre ihr nie und nimmer passiert. Sie hätte es den Bauern schon gezeigt.
„Jetzt siehst du mal, was man als Wirt alles mitmachen muss." Dieter stellte seinem besten Freund ein frisch gezapftes Bier hin.
„Was heißt hier als Wirt? Wen haben Sie denn angegriffen?" schnaubte Jean-Marie. „Ausgerechnet mich. Wo ich mein Leben lang selbst geschmissen habe. So ist es wohl, wenn die Revolution ihre Kinder frisst. Genauso muss sich der Dr. h.c. Fischer auf dem Parteitag der Grünen gefühlt haben."

Gaisbulgel Malsch

Ungeachtet der ungeklärten Zustände im Untergrund war das Sedan-Viertel an der Oberfläche auf dem besten Wege, zur neuen Kulturmeile Freiburgs zu werden. Die ehemalige Achse des Bösen zwischen Rotteckring und Bismarckallee war so kleinkariert gepflastert worden wie der Rest von Freiburg. Wo früher Abend für Abend grölende Jugendbanden nach der Nachtvorstellung im Cinemaxx durch die Straßen des Quartiers gezogen waren und an die Hauswände gepinkelt hatten, standen jetzt frisch gepflanzte Bäume. Seit die neue Theaterintendantin sich daran gemacht hatte, mit den entsprechenden Inszenierungen das junge Publikum von der Straße ins Theater zu holen, waren die Abonnentenzahlen aus dem Umland noch weiter zurückgegangen und mit ihnen der Lärm der Busse, die früher mit laufenden Dieselmotoren auf die Kulturbeflissenen aus Umkirch, Staufen oder Ebringen gewartet hatten. In Freiburgs Kulturszene war dagegen in letzter Zeit eine gewisse Unruhe gekommen. Der Alt-Oberbürgermeister, dessen Chefsache stets die Kultur gewesen war, hatte kürzlich das Pensionsalter erreicht. Notgedrungen musste er seine Amtsgeschäfte in die Hände eines Allgäuer Grünschnabels legen, der, entgegen allen Prognosen, seine christdemokratische Gegenkandidatin aus Lörrach mit Pauken und Trompeten auf die Plätze verwiesen hatte. Diese OB-Wahl hatte bundesweit für Beachtung gesorgt, und das Freiburger Ökobürgertum hatte sich wieder einmal selbst bewiesen, dass es doch ganz anders war als der Rest der Republik. Auch der Kulturamtsleiter, ein alter Bekannter Hämmerles, hatte die Segel angesichts der turbulenten Freiburger Gewässer gestrichen und war in der kulturellen Bundesstadt Bonn am ruhigen Rhein vor Anker gegangen, wo „spannende Aufgaben“ auf ihn warteten.

Von all dem war im Litfass nichts zu spüren. Weder das junge Ensemble, das von der neuen Intendantin an die Dreisam zitiert worden war, noch die verbliebenen Abonnenten fanden ihren Weg in die kleine Kneipe in der Moltkestraße. Alles war beim Alten geblieben. Auch das Essen. Seit Tagen stand als einziges Angebot Gaisburger Marsch auf der Karte.

Jean-Marie schob den Teller weg. Eigentlich hing ihm der Magen auf den Birkenstocksandalen. Aber das war sogar für einen stets hungrigen Mann wie ihn zuviel.

Frau Pikulski sah Hämmerle strafend an. „Du kannst froh sein, dass du überhaupt was zu essen kriegst, Bub“, knurrte sie. „Was anderes gibt's nicht.“

„Immer noch besser, als das, was Stefan kriegt“, Fanny grinste gehässig. „Der ist so überzeugt von der ‚Chinesenspur‘, dass er am Tag zwei Mal in ein anderes Chinarestaurant zum Essen geht. Irgendwie glaubt er, dass er so der Mafia auf die Schliche kommt. Ich hab selten was Dämlicheres gehört. Dabei verträgt er die ganzen Gewürze gar nicht und ist nur am Jammern, wegen seinem Magen und so. Aber das geschieht ihm ganz recht.“

„Wir können nur hoffen, dass zu uns heute keine Gäste kommen“, sagte Gertrud Pikulski bitter. „Oder soll ich denen vielleicht sagen, dass die Küche zu hat, weil der Herr Hämmerle ohne meine teuer bezahlten Einkäufe vor den Bauern davongelaufen ist?"

Jean-Marie antwortete nicht. Soviel hatte er inzwischen gelernt: Es war besser, Mutter Pikulski nicht zu widersprechen.

„Ich muss los, Bereitschaft", sagte Fanny. „Aber macht euch keine Sorgen. Warum sollten ausgerechnet heute Gäste kommen? Und dir", sie kniff Hämmerle in den Wanst, „kann ein bisschen Diät auch nicht schaden."

Aber Fanny irrte sich. Eine halbe Stunde später brummte der Laden wie noch nie. Dreißig Japaner quietschten vor Vergnügen bei dem kollektiven Versuch, unter der strengen Anleitung des Alt-OBs das Wort „Gaisbulgel Malsch" korrekt auszusprechen. Die Truppe hatte sich von den Auswirkungen des Abends in der Osaka-Bar offensichtlich schnell erholt, aber der Alt-OB war auf Nummer Sicher gegangen und hatte ein Lokal gewählt, das garantiert keinen frischen Fisch auf der Karte hatte.

„Achtung!" Der Alt-OB war kurzfristig als Bedienung eingesprungen. Er balancierte ein paar Teller und eine große Schüssel an den Tisch. Jean-Marie und Dieter kamen mit dem Zapfen kaum nach, und in der Küche werkelte Gertrud Pikulski mit glühenden Wangen begeistert am Herd.

„Schon wieder leer", der OB stellte zwei Schüsseln zum Nachfüllen auf die Anrichte. „Denen schmeckt's anscheinend. Die fragen dauernd nach dem Rezept."

Gertrud Pikulski strahlte. Endlich aß jemand, was sie kochte. Sogar ihre Angst vor der gelben Gefahr war wie weggeblasen. Sie ließ es sich nach einigen Bitten und unter dem Applaus der Gäste nicht nehmen, dem Dolmetscher der Gruppe höchstpersönlich das Rezept zu diktieren. Die neuen Freunde aus Matsuyama dankten ihr mit einem Ständchen. Fachkundig dirigiert vom Alt-OB sangen sie das Badner Lied, und Gertrud Pikulski wischte sich verstohlen eine Träne aus dem Augenwinkel. Der Höhepunkt des Abends aber war das Gruppenbild mit Geltlud inmitten der japanischen Gäste, wie sie Arm in Arm mit dem Alt-OB einen fast leeren Topf mit Gaisburger Marsch präsentierte.

Als die japanischen Freunde endlich gegangen und die Aufräumarbeiten getan waren, war es drei Uhr morgens.

„Puh“, mit einem Seufzer quetschte sich Gertrud Pikulski an den Stammtisch. „So nette Leut und einen Hunger haben die gehabt!“

„Und ich hab jetzt Durst“, Pikulski war völlig fertig von der ungewohnten Arbeit. Er zapfte drei große Biere und stellte sie auf den Tisch.

Gertrud Pikulskis Gaisburger Marsch

Für vier Personen:

Für die Brühe:
500 Gramm Suppenfleisch
500 Gramm Suppenknochen
1 Zwiebel
in grobe Stücke geschnittene Sellerieknolle
2 grob gehackte Möhren
3 Stängel Petersilie
Salz, Pfeffer, 1 Brühwürfel

Für die Einlage:
500 Gramm geschälte, rohe, in Würfel geschnittene Kartoffeln
3 Tassen handgeschabte Spätzle
1 gewürfelte, in Butter geschmälzte Zwiebel
Schnittlauch

Fleisch, Knochen und Suppengemüse in 1 Liter Brühe ca. 2 Stunden lang kochen. Die Brühe absieben. Die Kartoffeln in der Brühe langsam garen, das Suppenfleisch würfeln und zur Brühe heben. Die Spätzle in Butter anschwenken. In der Brühe über das Fleisch und die Kartoffeln schichten. Die angebräunten Zwiebelwürfel und etwas geschnittenen Schnittlauch darüber geben.

Strategische Observation

Harry Stefan stank es gewaltig. Der Geruch von schalem Bier und abgestandenem Zigarettenrauch war ihm zuwider, vor allem auf leeren Magen. Als ob er nicht genug Probleme am Hals hätte, war seine Frau schon wieder auf Fortbildung als Avon-Beraterin und er hatte ohne Frühstück aus dem Haus gehen müssen.
Nun stand er neben dem Sudkessel im Freiburger Stefansbräu und starrte auf die chinesischen Schriftzeichen, die mit roter Lackfarbe auf den Kupferkessel gepinselt worden waren. Auch die tote Ratte fehlte nicht. Schon wieder musste die Freiburger Gastronomie einen Anschlag verzeichnen. Diesmal hatten es die Attentäter auf eine Hausbrauerei abgesehen: Mehrere Hektoliter naturtrübes Bier waren vergiftet worden. Stefan hatte keine Zweifel. Auch dieser Anschlag ging auf das Konto der Chinesenmafia. Die chemische Analyse war eindeutig: Gerade genug Arsen für Magenkrämpfe und einen ordentlichen Durchfall. Zum Glück für die Gäste hatte es nur den Braumeister erwischt, der nach einem Probierschluck am frühen Morgen mit Bauchkrämpfen ins Krankenhaus verfrachtet worden war. Eigentlich war es kein Wunder, dachte Stefan, dass die Triaden mit ihrem sprichwörtlichen Beschützerinstinkt und den dazugehörigen Aquarien inzwischen auch die Kneipenszene am Oberrhein erobert hatten. Immer mehr Traditionsbeizen waren in der Breisgau-Metropole in gelbe Hände geraten. Selbst die örtliche Presse kriegte sich nicht wieder ein und beschrieb den Niedergang

der Heimatkultur und den Untergang des Abendlandes. Es schien fast, als bestünde die „heimische“ Gastronomie nur noch aus Glasnudeln und Schweinefleisch süßsauer. Da konnte Stefan von Glück sagen, dass er die badische Küche sowieso nicht leiden konnte. Ein paar ordentliche Buletten und ein frisches Pils waren in dieser trostlosen Gegend sowieso nicht zu haben. Man musste sich nur mal die trübe Brühe anschauen, die hier gebraut wurde, dachte er und hielt ein halbvolles Bierglas gegen das Licht. Naturtrüb! Ein Bier wie diese Stadt. Und jetzt auch noch Arsen. Stefan stellte das Glas ab und warf einen angewiderten Blick auf die Sudkessel. Die nächsten paar Tage zumindest würde das Zeug niemand trinken. Dafür hatte er gesorgt.
Er sah auf die Uhr und seufzte. Es ging auf zwölf zu. Zeit zum Mittagessen. Sein Beruf verlangte ihm wieder einmal einiges ab. Aber er sah keine andere Möglichkeit, den Fall Hofer zu lösen, als sich selbst tief in die Höhle der chinesischen Rattenbande zu begeben. Auch wenn er dafür mit Stäbchen essen musste. Doch zum Glück war er ja nicht der einzige Mitarbeiter der Freiburger Kripo. Er grinste gehässig.

Das Murmeln im Besprechungszimmer des Freiburger Kommissariats schwoll bedrohlich an.
„Das ist eine dienstliche Anweisung!“ Harry Stefan hob die Stimme.
Vereinzelt wurden Protestrufe laut. Doch damit hatte er gerechnet. Denen würde er es schon zeigen. Jetzt war Schluss mit lustig.

„Wirklich, Chef, zweimal am Tag? Das geht über meine Kräfte", rief ein rothaariger Kriminalassistent durch den Raum.
„Mein Magen, das macht mein Magen nicht mit", kam es aus einer anderen Ecke.
„Ich bin gerade auf Diät", eine spindeldürre Sekretärin kniff sich theatralisch in die Taille.
Harry Stefan nahm seine Kassenbrille ab und sah mit schmalen Augen in die Runde. „Wollen Sie es im Ernst zulassen, dass irgendwann mal ein Chinese hier sitzt?" Er klopfte mit den Fingerknöcheln auf die Tischplatte. „Wollen Sie, dass ganz Freiburg chinesisch wird? Dann müssen Sie Ihr Leben lang mit Stäbchen essen."
Fanny war platt. So hatte sie ihren Chef noch nie erlebt. Er lief regelrecht zur Höchstform auf. Die Chinesenspur hatte es ihm wahrhaftig angetan.
„Wollen Sie das wirklich?" fragte Stefan.
Das versammelte Kommissariat schwieg. Besser man ließ den Alten reden. Und letztlich gab es Schlimmeres, als zweimal am Tag under cover auf Spesen essen zu gehen. Auch wenn es chinesisch war.

„Das Essen ist dabei nur Tarnung. In Wirklichkeit sollen wir genau beobachten, wer da aus und ein geht. ‚Strategische Observation' nennt er das." Fanny Duffner tippte sich an die Stirn. „Der ist doch völlig durchgeknallt. Der glaubt im Ernst, auf diese Weise könnte er der Chinesenmafia auf die Schliche kommen. Den hättet ihr sehen sollen. Der war geradezu euphorisch."
„Ich hab ja schon immer gesagt, der Typ tickt nicht

richtig. So wird man mit der Mafia nicht fertig. Da kenne ich mich aus.“ Hämmerle löffelte den letzten Rest Gaisburger Marsch und spülte mit einem Schluck Bier nach. „Ob China oder Sizilien, das ist doch egal. Wie sagte schon Andi Möller: Madrid oder Mailand – Hauptsache Italien.“

„Armes Mädle“, Frau Pikulski tätschelte Fanny die Schulter. „Dieses chinesische Essen kann doch kein Mensch vertragen.“

„Muss ich auch nicht“, Fanny knallte einen Umschlag auf den Stammtisch. „Ich habe eine Glutamatallergie“, triumphierte sie. „Ich kenn da jemand in der Uniklinik.“

„Da kannst du ja von Glück sagen, dass in der italienischen Küche dieses Zeugs nicht verwendet wird“, Hämmerle grinste. „Das mit der Chinesenmafia ist totaler Blödsinn. Wie sagst du doch immer, Dieter?“ rief er in Richtung Küche. „98 Prozent aller Verbrechen werden aus Leidenschaft begangen. Die Hofer hat für keinen Anschlag ein Alibi. Und dieser di Pompa ist gefährlich und gewalttätig. Ergo: Die beiden haben was mit der Sache zu tun, da wett ich drauf.“

„Und wie willst du das beweisen?“ Dieter Pikulski kam aus der Küche und wedelte mit dem Geschirrtuch. „Der erzählt dir doch nicht freiwillig, dass er den Hofer an den Haken gehängt hat.“

„Ich hab da einen Plan. Nicht ganz ungefährlich.“ Hämmerle plusterte sich auf. „Aber was sein muss, muss sein. Was tut man nicht alles für seinen Freund, gell Dieter?“

„Und was ist mit dem Herrn Zeitmann?“ wollte Mutter Pikulski wissen. „Das wär doch nett, wenn der mal hier her käme.“
„Der kommt auch noch dran“, Hämmerles Zeigefinger deutete in die Ferne. „Aber erst knöpfen wir uns den sauberen Herrn di Pompa vor.“ Er stand auf. „Komm Fanny, es wird Zeit. Ich sage nur: Strategische Observation.“

Am späten Nachmittag parkte Hämmerle den Benz der Taxizentrale in respektvollem Abstand von di Pompas Pizzeria. Das Lokal würde zwar erst in zwei Stunden aufmachen, aber sicher war sicher. Hämmerles Plan sah vor, di Pompa strategisch zu observieren. Irgendwas würde schon dabei herauskommen. Notfalls musste man eingreifen, aber das würde sich schon noch ergeben. Vor allem kam er auf diese Weise in den Genuss von Fannys ungeteilter Aufmerksamkeit.
„... und dann sagt Dieter zu mir: geh du zur Doris. Ich kann ihr das nicht sagen, Jean-Marie. Du machst das sicher besser.“ Hämmerle wühlte nicht ganz uneigennützig in Pikulskis schmutziger Wäsche. Er zog den Flachmann mit dem Selbstgebrannten aus der Westentasche und streckte ihn Fanny hin. Die nahm einen tiefen Schluck.
„Und weiter?“ fragte sie.
„Ich also hin zur Doris, du kennst sie ja, die aus der Parallelklasse, und sag ihr, du der Dieter hat eine andere. Da fängt die so an zu toben, dass ihr Vater kommt. Und der denkt, ich wolle der Doris was. Und dann,“ er

machte eine Kunstpause, „steck ich die Prügel ein, die eigentlich der Dieter verdient gehabt hätte. Ich kann dir sagen ..."
In diesem Moment flog die Tür der Pizzeria Toscana auf.
„Ey", Fanny riss Hämmerle am Ärmel. „Das ist die Hofer, die hat's aber eilig."
Juliane Hofer rannte über die Straße auf ein Cabrio zu. Sekunden später tauchte auch Giovanni di Pompa auf.
„Cara, das kannst du doch nicht machen", flehte er.
„Hau ab, du Penner!" brüllte Juliane zurück, „du glaubst gar nicht, was ich alles kann. Du wirst dich noch wundern, du mieser kleiner Pizzabäcker."
Der Motor ihres Audi Quattro jaulte auf. Mit quietschenden Reifen raste Juliane Hofer davon. Fassungslos sah ihr Giovanni di Pompa nach. Dann hockte er sich auf den Bordstein und fing hemmungslos an zu weinen.
„Jetzt ist er reif", sagte Hämmerle. „Fanny, dein Einsatz. Ich glaube, da bist du als Frau gefragt."

Da lag Hämmerle falsch. Von Frauen hatte di Pompa die Nase gestrichen voll. Im Moment hielt er sich lieber an Hämmerle und dessen Selbstgebrannten. Der Flachmann war beinahe leer, und Hämmerles legendärer Schnaps hatte bei di Pompa sämtliche Schleusen geöffnet. Der Sizilianer war nicht wiederzuerkennen. Er steckte wirklich in der Klemme.
„Und was willst du jetzt machen, Giovanni?" fragte Hämmerle mitfühlend.
„Ich weiß es nicht", der Italiener zog geräuschvoll die

Nase hoch. „Wenn ich in Freiburg bleibe, bin ich erledigt, und wenn ich zurück nach Sizilien gehe, bin ich tot."
In der Tat, Giovanni di Pompa war wirklich in Schwierigkeiten. Aber in anderen, als Hämmerle bisher vermutet hatte. In den Fall Hofer, soweit hatte Hämmerle di Pompas Geschichte verfolgen können, war Giovanni nicht verwickelt. Für alle Anschläge hatte der Sizilianer ein hieb- und stichfestes Alibi, und das hieß Maria.
„Glauben Sie mir," sagte er flehend, „ich habe mit dem Anschlag auf Hofer nichts zu tun. Das kann Maria Ihnen bestätigen."
Dumm nur, dass die notorisch eifersüchtige Juliane Hofer die Geschichte von Giovanni und Maria herausbekommen hatte. Dumm auch, dass Giovannis Pizzeria gar nicht Giovanni, sondern Juliane Hofer gehörte. Jetzt saß der arme Mann zwischen allen Stühlen. Wenn seine ebenfalls sizilianische Verlobte Maria von Juliane erfahren würde, wie diese angedroht hatte, - nicht auszudenken. Ohne zu zögern würde sie ihm ihre Brüder auf den Hals hetzen. Dann bekäme Giovanni die Rache der Sizilianer zu spüren, und zwar so sicher wie das Amen in der Kirche. Dass er überdies nicht der Besitzer der Pizzeria war, wie er Maria vorgegaukelt hatte, und im Falle einer Heirat ohne Pizzeria da säße, kam erschwerend hinzu.
„Und dass Juliane selbst ihren Mann ...?" fragte Hämmerle.
„Das kann sie auf keinen Fall gewesen sein, das ist es doch gerade!" schluchzte Giovanni auf. „Sie hat mich

die ganze letzte Woche lang beobachtet. Jedes Mal wenn ich bei Maria war. Nächtelang hat sie vorm Haus gestanden. Da können Sie sicher sein, mit den Anschlägen hat sie nichts zu tun."

„Pah“, schnaubte Hämmerle verächtlich. „98 Prozent aller Verbrechen werden aus Leidenschaft begangen.“ Er tippte sich an die Stirn. „Und was sagst du jetzt, du Schlaumeier?“

Dieter winkte entnervt ab. Er hatte schon genug am Hals. Da konnte er auf die Besserwisserei seines Freundes gut verzichten. Das Litfass lief ganz und gar nicht, Japaner hin oder her. Im Augenblick saß jedenfalls nur ein einziger Gast in der kleinen Kneipe. Das war schon schlimm genug. Viel schlimmer aber war, dass ihn seine Mutter Tag und Nacht unter Kontrolle hatte. Gut, sie hatte das Startkapital für seine Selbstständigkeit locker gemacht, aber musste sie sich deswegen auch gleich mit selbstständig machen? Sein ganzes Leben stand Kopf, seit Gertrud Pikulski die Küche des Litfass übernommen hatte. Beziehungsweise stand bei Dieter gar nichts mehr. Für seine Freundinnen hatte er wegen der Maloche in der Kneipe keine Zeit mehr. Und dann lief ihm gerade jetzt auch noch Fanny über den Weg. Ihre rote Mähne und die grünen Augen hatten ihm schon in der Schule gefallen, vom Rest ganz zu schweigen. Normalerweise hätte er sie in drei bis vier Tagen soweit gehabt. Aber mit seiner Mutter in der Küche des Litfass und auf seiner Couch in der Zwei-Zimmer-Wohnung war daran nicht im Traum zu denken.

„Eins steht jedenfalls fest“, sagte Jean-Marie. „Giovanni und die Hofer haben mit den Anschlägen nichts zu tun. Der Giovanni kann einem direkt leid tun. Anscheinend ist auch noch der Onkel seiner Freundin ein großer Boss in Palermo. So eine Art Pate."

„Bleibt also nur noch Rolf Zeitmann." Fanny zählte den verbleibenden Verdächtigen an einem Finger auf.

„Und wenn es doch die Chinesen waren?" warf Pikulski lasch ein und stellte dem Gast eine kleine Apfelschorle hin.

„Papperlapapp!" Hämmerle machte eine wegwerfende Handbewegung. Dass Harry Stefan am Ende Recht behalten sollte - daran mochte er gar nicht denken. „Dann schon eher die Bauern. Die sind doch im Moment sowieso gegen alles. Vielleicht kauft der Hofer zuviel in Frankreich ein. Bei der Speisekarte im Badischen Hof ist er dazu ja quasi gezwungen."

„Also ich tippe auf Zeitmann", sagte Fanny. „So wie der drauf war."

Gertrud Pikulski am Tresen bekam hektische Flecken. „Au ja, dann laden wir ihn doch einmal zu uns ein. Der hätt sicher gern mal eine gute Hausmannskost gegessen. Ich könnte eine Kartoffelsuppe machen. Oder Schnitzel ..." überlegte sie.

Doch das war nicht nötig. Rolf Zeitmann, Deutschlands berühmtester Testesser, die Zunge der Republik, saß nur wenige hundert Meter Luftlinie vom Litfass entfernt in Gabi's Schnitzelparadies, seinem geheimen Stammlokal, und machte sich genüsslich über ein riesiges Jägerschnitzel mit Fritten her. Zur Sicherheit hatte sich Zeitmann mit einer Jeans und einem karierten Hemd ohne Fliege getarnt. Dazu trug er einen kreisrunden Schlapphut mit einer kleinen Deutschlandflagge und Einstecktäschchen für die Kreditkarte sowie eine verspiegelte Sonnenbrille. Wenn man ihn hier erkennen würde, wäre sein Renommee hin.

„Gabi, noch eine Schorle rot-süß, bitte. Und das Curry-Ketchup." Endlich mal was anderes als dieser ganze haute-cuisine Schwachsinn, mit dem er sonst ständig traktiert wurde. Wo er auch hinkam, überall wurden ihm kunstvoll aufgetürmte Kreationen serviert, die regelrecht über den Tellern zu schweben schienen. Er konnte die ganzen Soufflés, Veloutés, Gratinées und Parfaits nicht mehr sehen. Aber das behielt er besser für sich. Schließlich verdiente er sein Geld, und das war nicht wenig, damit, den führenden Küchenchefs der Welt zu zeigen, wo der Kochlöffel hing. Und dabei ging es in der Regel nicht um Hausmannskost.

Er goss eine ordentliche Portion Curry-Ketchup aus einer roten Plastikflasche über die Jägersoße, säbelte ein großes Stück von dem dick panierten Schweineschnitzel und kaute mit geschlossenen Augen. „Herrlich", murmelte er und fiel vom Hocker.

Wieder ein paar hundert Meter Luftlinie weiter saß Harry Stefan in der „Chinesischen Mauer". Die Recherchen in der chinesischen Kneipenszene hatten bisher noch keine konkreten Ergebnisse gebracht. Weder hatte Stefan einen chinesischen Schutzgeldeintreiber dingfest gemacht, noch war irgendwo ein Rollkommando aufgetaucht, das den chinesischen Nippes in Stücke gehauen hatte. Zwar hatte er einige Geldübergaben beobachtet, aber die hatten sich als das harmlose Begleichen von Rechnungen herausgestellt. Auch die beiden jungen Chinesen, die kurz nacheinander auf der Toilette verschwanden, hatten nicht Krieg sondern eher Liebe im Sinn gehabt. Aber der Kommissar war nach wie vor davon überzeugt, dass die Chinesenmafia ihr dichtes Netz bereits um Freiburg gesponnen hatte. Schließlich stand in jedem China-Restaurant ein Aquarium, und das war für Stefan Beweis genug, dass die Triaden am Werk waren. Für ihn war es nur eine Frage der Zeit, bis er der gelben Mafia das Handwerk legen würde.

Das sahen seine Kollegen allerdings anders. Überdies musste man im Kommissariat bereits die ersten Ausfälle verzeichnen. Gleich mehrere Kollegen hatten sich krankschreiben lassen. „Weicheier“, knurrte Stefan vor sich hin und mühte sich mit seinen Stäbchen an einer Portion doppelt gegartem Schweinefleisch mit Szechuan-Pfeffer ab. Die Mischung aus Schweinebauch, Ingwer, Tofu und Tintenfisch war scharf wie die Hölle und würde seine Magenschleimhaut vollends ruinieren, aber da musste er durch. Mit Tränen in den Augen bestellte er sein drittes Weizenbier, um den Feuersturm im Mund halbwegs zu löschen.

In diesem Augenblick klingelte auch noch sein Handy. „Chrrr“, meldete er sich. Er bekam kaum einen Ton heraus. Der Szechuan-Pfeffer musste seine Zunge verätzt haben. Aber die Nachricht, die ihm ein Kollege in knappen Worten durchgab, bestätigte Harry Stefan, dass er seinem kriminalistischen Instinkt immer noch vertrauen konnte, auch wenn er sich dabei die Zunge und den Magen ruinierte. Soeben war in einem der wenigen verbliebenen gut-bürgerlichen deutschen Lokale der bekannte Gourmet Rolf Zeitmann mit Curry-Ketchup vergiftet worden. Mit einer schweren Magenkolik lag er in der nahen Uni-Klinik. Am Boden der roten Ketchupflasche klebte ein Zettel mit einer handgemalten Ratte.

Als Fanny vom Tatort zurück ins Litfass kam und von den ersten Untersuchungsergebnissen im Schnitzelparadies berichtete, herrschte tiefe Ratlosigkeit. Nicht nur, dass mit Rolf Zeitmann Hämmerles letzter Verdächtiger ausschied. Der Gourmetkritiker war eindeutig ein Opfer, das musste sogar Hämmerle trotz seiner Abneigung gegen Zeitmann zugeben. Es stellte sich zudem heraus, dass Gabi's Schnitzelparadies nichts mit Hofers Gastro-Imperium zu tun hatte.
Diese Tatsache, daran konnte auch Hämmerle nicht vorbei, sprach eindeutig für Stefans Chinesenspur. Aber das war offenbar noch nicht einmal das Schlimmste. Während Fanny erzählte, war Dieters Gesicht aschfahl geworden. Er schwankte und setzte sich an den Stammtisch.
„Ist was, Bub?“ fragte Gertrud Pikulski ihren Sohn.
„Das kannst du laut sagen“, antwortete Dieter mit belegter Stimme.
„Hä?“ fragte Hämmerle.
„Wisst ihr denn nicht, wer der Besitzer von Gabi's Schnitzelparadies ist? Der Laden gehört Otte Sucho-

wiak, und dem gehört zufällig auch das Litfass. Und das heißt, dass wir hier auch bald die Chinesen haben."
Hinter dem Tresen tat es einen Rumms. Gertrud Pikulski war zu Boden gegangen.

Born to be wild

Der Blick vom Schlossberg hinunter auf die Altstadt war atemberaubend. Eine glutrote Sonne senkte sich über die Häuser, die sich um das Münster gruppierten wie Schafe um ihren Hirten. Sanft schnurrten die kleinen Gondeln der Seilbahn vom Stadtgarten herauf und brachten die letzten Touristen, die hier oben die malerische Abendstimmung genießen wollten.
Die festliche Gesellschaft, die sich im Restaurant Altstadtblick versammelt hatte, stand noch beim Aperitif, einem Azzuro Bacio, auf der Terrasse des Lokals und diskutierte das mildtätige Projekt, das bei der diesjährigen Hauptversammlung des Vanitatis-Clubs verabschiedet werden sollte. Gemäß der Satzung war man dazu verpflichtet, Jahr für Jahr besonders bedürftigen sozialen Gruppierungen unter die Arme zu greifen. Heuer sollte der „mildtätige Zweck" der Kauf eines abbruchreifen Hauses in der Nähe von Emmendingen sein, das man den minderjährigen Punkern vom „August" zu Wohnzwecken zur Verfügung stellen wollte. Nach dem Lärm und dem Schmutz der vergangenen Jahre sollte endlich wieder Ruhe auf dem Augustinerplatz einkehren. Mit solchen Beispielen bürgerschaftlichen Engagements „in einer egoistisch gewordenen Gesellschaft" wollten die Vanitatier ethisch-moralische Signale setzen und sich ihrer Verantwortung stellen. Dass der Chairman des Clubs nur wenige Meter von besagtem Platz entfernt wohnte, war dabei purer Zufall.
Otte Suchowiak sah unruhig durch die großen Panora-

mascheiben seines Restaurants auf die illustre Versammlung. Wenn heute Abend hier etwas passieren sollte, dann gute Nacht. Zuerst hatte er wie viele seiner Kollegen gedacht, bei den Anschlägen gegen die diversen Freiburger Lokale ginge es nur gegen Hofer, was bei dessen Geschäftspraktiken ja auch kein Wunder gewesen wäre. Über die „Chinesenspur", die angeblich von der Polizei verfolgt wurde, konnten die Gastronomen hinter vorgehaltener Hand nur lachen. Aber nach dem Anschlag auf Rolf Zeitmann im Schnitzelparadies ging Otte der Arsch auf Grundeis. Womöglich steckte doch das organisierte Verbrechen dahinter. Jetzt war anscheinend auch er im Visier der unbekannten Attentäter, und das konnte er keinesfalls auf die leichte Schulter nehmen. Immerhin gehörten ihm neben Gabi's Schnitzelparadies, dem Litfass und dem Restaurant Altstadtblick noch eine ganze Reihe anderer Kneipen und ein paar Zockerclubs. Es stand für ihn also einiges auf dem Spiel. Er konnte nur hoffen, dass der Abend ohne Pannen über die Bühne gehen würde.

Die Sonne war schon längst hinter den Dächern der Stadt untergegangen. Kerzenlicht beleuchtete die festliche Atmosphäre im Saal des Restaurants Altstadtblick, und die Kolliers der Damen funkelten mit den geschliffenen Kristallgläsern um die Wette. Die Festgesellschaft war bester Laune. Auch der Chairman konnte mit dem Verlauf der vorangegangenen Sitzung zufrieden sein. Der Hauskauf war unter Dach und Fach, der Vorstand entlastet und für eine weitere Amtsperiode

bestätigt. Man hatte inzwischen die Vorspeise, Langostinos mit marinierten Pfifferlingen, Auberginen und Zucchini, hinter sich gebracht und widmete sich jetzt dem Lammcarree in Thymian-Glace, als draußen mehrere hundert PS starke Motoren aufheulten. Ein heftiger Wortwechsel folgte, dann klirrte Glas. Sekunden später brach eine Horde schwarz gekleideter maskierter Rocker durch die Tür in den festlichen Saal. Über ihren furchterregenden Strumpfmasken trugen sie Sonnenbrillen.
„Schnauze, keinel lühlt sich!" brüllte ein Hells Angel mit einem Totenkopf auf der Lederjacke - offenbar der Anführer - in die vor Schrecken starre Festgemeinschaft. „Luntel mit den Klunkeln, abel dalli!" Um zu verdeutlichen, worum es ging, zerrte Totenkopf an der doppelreihigen Perlenkette einer Dame neben sich.
Der Chairman fand als erster seine Sprache wieder. Er versuchte es mit Diplomatie:
„Meine Herren," sagte er mit belegter Stimme, „können wir nicht wie zivilisierte Menschen -"
Weiter kam er nicht. Totenkopf wirbelte herum und hielt dem Vorsitzenden seinen Schlagring unter die Nase.
„Noch Flagen?"
Der Chairman schüttelte vorsichtig den Kopf.
„Na also."
Nachdem man sich so geeinigt hatte, dauerte es keine zwei Minuten, bis die Angels mit reicher Beute wieder verschwunden waren. Zum Abschied hatte einer der Rocker mit einer Spraydose eine Ratte und ein blutro-

tes chinesisches Schriftzeichen auf die Tapisserie des Saales gesprüht.
Erst eine halbe Ewigkeit später traute sich Otte Suchowiak wieder aus dem Klo. „Schöne Scheiße", murmelte er. Dann wählte er den Notruf.

Der Anruf aus dem Präsidium erreichte Harry Stefan in der „Lotusblüte", wo er seit geraumer Zeit gegen eine „Ente mit acht Juwelen" kämpfte. Er fingerte gerade angewidert ein Stück Schweinedarm in Blütenform von seinem Teller, eine der acht „Juwelen", die dem Gericht den Namen gaben, als die ersten Takte des „Kriminaltango" aus seinem Handy erklangen. „Sooo?" fragte er gedehnt. „Schicken Sie Frau Duffner hin." Er feixte und schaltete das Handy aus. Sollten die doch alleine sehen, wie sie zurechtkamen. Da war ihm die chinesische Seele mit all den Geheimnissen und Abgründen ihrer Küche immer noch lieber, als das versammelte Bürgertum auf dem Freiburger Schlossberg. Er ließ die Schweineblüte dezent unter dem Tisch verschwinden und bestellte einen Fernet Branca.

Es war früher Morgen, als Fanny Duffner auf dem Schlossberg endlich die Aussagen zu Protokoll genommen hatte. Vor allem die Damen waren kaum zu beruhigen. Fanny hatte Mühe, den Wahrheitsgehalt aus den ausschweifenden Erzählungen herauszufiltern. Anscheinend war der Anführer des Überfallkommandos eine Mischung aus King Kong und Richard Gere. Die Herren hielten sich, genauso wie bei dem eigentlichen

Überfall, dezent im Hintergrund.
Noch mehr Mühe machte die Vernehmung von Otte Suchowiak. Der Mann stand unter Schock und war nur mühsam zum Reden zu bringen. Auf jeden Fall hatte er weder für die Attacke auf Gabi's Schnitzelparadies noch für den Überfall auf das Restaurant Altstadtblick eine Erklärung.

Am späten Vormittag brummte Harry Stefan immer noch der Schädel. Der letzte Fernet war wohl wieder schlecht gewesen. Aber nach der Ente mit ihren acht Juwelen in der „Lotusblüte" hatte der Magen des Kommissars dringend Unterstützung gebraucht. Und die war ihm jetzt zu Kopf gestiegen. Mit angewidertem Gesicht trank er sein drittes Alka Seltzer und stierte auf den Computer-Bildschirm. Es war schon schlimm genug, dass er jeden Tag zweimal diesen Schlangenfraß in sich hineinwürgen musste. Dass er jetzt auch noch die Protokolle der einzelnen Gaststättenbesuche selbst tippen musste, schlug dem Fass die Krone aus oder wie das hieß. Fanny Duffner hatte sich geweigert, Stefans Diktat aufzunehmen. Mit den Aussagen vom Restaurant Altstadtblick hatte sie angeblich genug zu tun.
Das Polizeikommissariat war wie ausgestorben. Zu den ganzen Krankmeldungen kamen wegen des aufwendigen Observationsprogramms Dutzende von Überstunden, die nach dem Willen des Betriebsrats „zeitnah" abgefeiert werden mussten. Beamtenpack, dachte er verächtlich. Da hatte in Berlin ein rauherer Wind geweht. Stefan haute auf der Tastatur herum, so gut es

mit einem Finger ging. 23.40 Uhr, keine besonderen Vorkommnisse. 23.50 Uhr, Geldübergabe am Nebentisch. Zielperson verlässt das Lokal. Nachfrage beim Kellner (Türke!) ergab, dass es sich bei erwähntem Vorgang um das Begleichen der Rechnung handelte.

Draußen auf dem Flur wurde es plötzlich laut. Der Kommissar rieb sich die schmerzenden Schläfen. Himmel, nicht einmal hier hatte er seine Ruhe. Im selben Moment flog die Tür auf.

„Is hier denn keiner?" Ein bärtiger Koloss walzte in Stefans Büro. „Das gibt's doch nicht. Ständig haste Ärger mit den Bullen und wenn du die Knalltüten mal brauchst, ist kein Schwein da. Ich will sofort den Chef sprechen!" Er haute mit der Faust auf Stefans Schreibtisch.

„Ich bin hier der Chef!" Harry Stefan zog die Schreibtischschublade auf und suchte unauffällig nach seiner Dienstwaffe. „Moment mal."

Der Koloss kam um den Schreibtisch herum und zog Stefan an der Krawatte vom Stuhl hoch.

„Was heißt hier ‚Moment mal'? Wir sind Opfer eines Überfalls." Harry Stefan starrte auf das Wesen, das sich an seiner Krawatte festhielt. Der Besucher trug ein viel zu kleines T-Shirt, das einmal weiß gewesen war, eine karierte Boxershorts und Adiletten. Seine Unterarme waren astdick und über und über tätowiert. „Born to be wild", entzifferte Stefan, darüber war ein tränendes Herz in die Haut eingefräst. Auf dem anderen Unterarm zuckte ein Blitz durch die Buchstaben ACDC.

Der Rocker ließ Stefans Krawatte los und drehte ihn

zur Tür. Dort waren einige andere Typen ähnlichen Kalibers aufgetaucht. „Da braucht man mal die Bullen und dann is keiner da."
Ein Typ, der mit seinen Zöpfen aussah wie Willie Nelson, kam drohend auf Stefan zu. Ein riesiges Kreuz baumelte von seinem Ohr. Bis auf eine Schiesser-Feinripp mit Seiteneingriff war er ähnlich gekleidet wie der Dicke vor ihm. „Genau", schnauzte er. „Kümmert sich jetzt jemand um uns oder müssen wir die Bude hier erst auseinandernehmen?"
Allmählich wurde Stefan warm ums Herz. Endlich mal was Handfestes, dachte er dankbar. Endlich mal ein echter Proll in diesem verschlafenen Kaff.
„Also Jungs, raus mit der Sprache. Was kann ich denn für euch tun?" Er knuffte dem Koloss auf den Oberarm. Der Anführer zuckte zusammen. Dieser Ton war ihm suspekt.
„Ey, willste uns verarschen oder was? Wir wollen Anzeige erstatten."
„Jetzt setzt euch doch erst mal." Stefan bot dem Boss seinen Stuhl an. „Wollt ihr was trinken?" Er holte eine Cognacflasche aus dem Regal.
„Ey, hör mal, Kutte," sagte Willie Nelson, „sei vorsichtig, das issn Trick. Da ist bestimmt was drin."
„Keine Sorge", Harry Stefan hob beide Hände. „Ich tu euch schon nichts", Stefan kicherte. „Jetzt erzählt mal."
„Dieser Bulle ist doch ballaballa", flüsterte ein Typ im Hintergrund. Er ließ die Hand vor seinem Gesicht kreisen.
Kutte setzte sich vorsichtig auf die Schreibtischkante

und genehmigte sich einen prüfenden Schluck aus der Cognacflasche. „Alles in Ordnung“, er ließ die Flasche kreisen.
Die Geschichte war schnell erzählt. Die Ortsgruppe Umkirch der Hells Angels hatte sich am Vorabend zu einem kleinen Fest unter Männern am Hochdorfer Grillplatz versammelt. Die Würstchen brutzelten gemütlich auf dem Feuer und gerade hatte man mit dem vierten Kasten Bier angefangen, als eine Horde maskierter Männer mit Sonnenbrillen über die Festgemeinde hergefallen war.
„... und glaub mir, Alter“, Kuttes Augen wurden zu schmalen Schlitzen. „Wir haben gefightet. Aber es waren zu viele. Keine Ehre bei denen.“ Er schüttelte den Kopf. „Mann gegen Mann, von wegen. Die hatten chinesische Klappmesser mit. Dagegen hast du keine Chance. Zum Schluss haben die uns die Kutten geklaut und in der Hütte eingesperrt.“ Kutte schniefte. „Dann sind die Schweine mit unseren Maschinen abgehauen.“
Willie Nelson schluchzte auf.
„Und das haben sie mit mir gemacht.“ Kutte drehte sich um und ließ die Boxershorts fallen. Auf seinem Gesäß prangten eine knallrote Ratte und ein chinesisches Schriftzeichen in Öl.

Die eilends einberufene Große Lage im Präsidium war nur dünn besetzt. Die wenigen diensthabenden Beamten waren von ihren Einsatzorten abkommandiert worden.
Stefan fasste die Lage knapp zusammen. „Das ist der

endgültige Beweis. Es sind die Chinesen. Diesmal als Rocker getarnt." Er blickte von einem zum anderen. „Das ist eine neue Dimension. Mir war zwar von Anfang an klar, dass hinter den Anschlägen das organisierte Verbrechen steckt. Dafür wurde ich von Ihnen", er nahm die Brille ab und blickte überheblich in die Runde, „hinter meinem Rücken ausgelacht, glauben Sie bloß nicht, das hätte ich nicht gemerkt. Kurz und gut, ich sehe mich alleine", er betonte das ‚alleine', „nicht mehr dazu in der Lage, die internationale Achse des Bösen zu zerschlagen. Deshalb habe ich das BKA um Amtshilfe gebeten." Er feixte innerlich. Das BKA war hier ungefähr so beliebt wie chinesisches Essen. Den Pfeifen hatte er es gründlich gezeigt.

Something stupid

Im Litfass hatte man sich zu einer Kleinen Lage versammelt. Nach den neuesten Vorkommnissen war die Situation ernster denn je. So ernst, dass es noch nicht mal was zu Trinken gab. Pikulski vertrat entgegen seiner bisherigen Haltung die Ansicht, man müsse nüchtern bleiben, um einen klaren Kopf zu bewahren. Er war sichtlich nervös. Umständlich fasste er die Lage zusammen.

„... und deshalb können wir davon ausgehen, dass mit Sicherheit, also seit der Sache mit Gabi's Schnitzelparadies und dem Restaurant Altstadtblick, eins klar ist, und da führt kein Weg dran vorbei, dass es nicht nur um Hofer geht, sondern auch um Otte Suchowiak. Und damit auch um mich, äh, um uns alle."

Mutter Pikulski nickte finster und fuhr prüfend mit dem Daumen über die Klinge des Bratenmessers.

„Wieso um uns alle? Hier kriegt man doch nicht mal was zu trinken", moserte Hämmerle. „Außerdem ist es deine Kneipe, und logisch ist es auch nicht. Ein Syllogismus, falls du mal was davon gehört hast, braucht quasi einen Allquantor im Obersatz."

„Hä?" Pikulski klappte der Kinnladen runter.

Fanny verdrehte die Augen. „Hör schon auf mit dem Gequatsche und komm zur Sache, Schätzchen", sagte sie mit einem nervösen Blick auf die Uhr. „Ich hab nicht viel Zeit."

„Auf jeden Fall", machte Dieter weiter, „müssen wir auf alles gefasst sein. Und wir müssen jetzt wohl doch

davon ausgehen, dass hinter den Überfällen die Chinesen stecken. Ich glaube, dein Stefan hat Recht“, er sah zu Fanny hinüber. „So was kriegt nur das organisierte Verbrechen auf die Reihe.“
„Aha, der Herr Pikulski wechselt seine Meinung.“ sagte Jean-Marie spitz. „Und was ist mit der Leidenschaft? Ich hab da was von ‚98 Prozent‘ im Kopf.“
„Psst“, machte Dieter mit einem kurzen Seitenblick auf seine Mutter.
Frau Pikulski sah verständnislos von einem zum andern.
„Wenn du an diese blöde Chinesenspur glaubst, kannst du ja Stefan bei seinen Ermittlungen helfen“, schlug Fanny vor.
„Nix da, wir müssen uns selbst helfen.“ Pikulski stand auf und holte eine Schrotflinte unter dem Tresen hervor. „Wir haben vorgesorgt, gell Mama.“
Mutter Pikulski nickte entschlossen.
„Ab jetzt bewachen wir das Litfass rund um die Uhr“, Dieter lud zur Bestätigung die Waffe durch. „Die erste Wache übernehmen wir beide, Jean-Marie.“
„Moment mal“, Hämmerle hob beide Hände. „Was soll das heißen, wir beide? Immerhin bin ich hier nicht angestellt.“
„Also Bub,“ Gertrud Pikulski sah Jean-Marie drohend an, „wenn du dem Dieter jetzt nicht hilfst, dann ist zappenduster!“ Sie zeigte mit dem Messer auf ihn. „Dann ruf ich deine Mutter an. Du hast meinen Dieter einmal reingeritten, das reicht.“
„Genau!“ stimmte Dieter ihr zu. „Außerdem säufst und isst du hier doch dauernd umsonst.“

Hämmerle lief knallrot an: „Ist ja gut“, lenkte er ein. Die brächten es tatsächlich fertig, seine Mutter anzurufen. Die alte Pikulski kannte da nichts, das wusste er aus Erfahrung. Die hatte früher in Lahr schon immer gepetzt, wenn was mit ihrem Goldjungen war. Wenn er genau zurückdachte, war Frau Pikulski die meist gefürchtete Mutter in der Siedlung gewesen. Außerdem würde das nicht seine erste Nacht in einer Kneipe sein.
„Und wann soll's losgehen?“ Er gähnte künstlich.
„Na, um Mitternacht, wenn wir schließen. Ich hab ein Feldbett besorgt, das stellen wir in die Küche. Wir lösen uns ab, und der andere pennt.“
Fanny stand auf. „Ich muss jetzt wirklich los“, sagte sie. „Ich muss noch mal zu Zeitmann. Der ist gestern aus dem Krankenhaus rausgekommen und Stefan hat vor lauter Chinesen noch nicht mal seine Zeugenaussage aufgenommen. Das hat er mir aufs Auge gedrückt.“
„Komm, ich fahr dich hin“, Hämmerle stand auf und sah auf die Uhr. „Ich hab noch ein bisschen Zeit bis zu meiner Nachtschicht.“

Der Kritiker war nicht wieder zu erkennen. Rolf Zeitmann war handzahm und die Höflichkeit in Person. Seine Zeugenaussage war schnell protokolliert. Leider, leider hatte er überhaupt nichts bemerkt, als er zum Curry-Ketchup gegriffen hatte, nicht einmal den Zettel mit der Ratte hatte er gesehen, aber er bat „ganz inständig“ darum, nichts über die Umstände seines „kleinen Missgeschicks“ an die Öffentlichkeit zu bringen, schon gar nicht, wo und womit er sich „den Magen verdorben“ hatte. Schließlich hatte „die freundliche Wirtin“

von Gabi's Schnitzelparadies „genug Ärger am Hals". Er selbst wolle lieber „Gras über die Sache wachsen lassen", er sei sowieso nicht nachtragend. Zum Schluss bedankte sich Zeitmann überschwenglich „für die große Mühe", die sich „die reizende Frau Duffner" und ihr „sympathischer Begleiter" gemacht hatten und überreichte den beiden jeweils ein handsigniertes Exemplar seines neuesten Kochbuchs „Frisch gewagt ist halb gegart".

„Hör mal", las Hämmerle auf dem Weg zum Auto aus dem Kochbuch vor. „In der modernen Küche kommt es vor allem auf den Geschmack an. Den erzielt man nicht durch eine aufwendige Dekoration, sondern durch den richtigen Umgang mit den Zutaten, Kräutern und Gewürzen. Sie verleihen jedem Gericht das gewisse Etwas: den Geschmack. Nehmen Sie zum Beispiel die typischen italienischen Vorspeisen. Frisches Gemüse, gutes Olivenöl und Kräuter, mehr braucht es nicht."
„Hör auf", unterbrach Fanny. „Ich krieg Hunger."
„Ich auch", Hämmerle schloss den Benz auf. „Komm, lass uns doch irgendwo was essen, bei Dieter gibt's sowieso nichts Gescheites. Ich kenn da einen super Gasthof ein paar Kilometer von hier. Du wirst begeistert sein, Fanny."
„Okay, aber eins musst du mir versprechen: Kein Wort über Stefan und diesen blöden Fall. Soll doch der die Arbeit machen. Schließlich wird er ja gut dafür bezahlt."
Hämmerle hob zwei Finger zum Schwur und gab Gas.
„I know I stand in line until you think you have the

time to spend an evening with me ...", summte er leise vor sich hin. „... and then I go and spoil it all by saying something stupid like I love you", stimmte Fanny ein.

Der Gasthof Lamm in Müllheim-Feldberg gehörte zu Hämmerles Lieblingskneipen im Markgräfler Land. Besonders im Sommer putzte sich der kleine Ort am Fuße des Blauen immer mächtig heraus und an allen Ecken und aus allen Kästen grünte und blühte es um die Wette. Aber all das war nichts gegen den prachtvollen Bauerngarten des Gasthofs, in dem man es sich unter einer alten Weinlaubpergola gut gehen ließ. Die Wirtschaft war seit fast 200 Jahren im Familienbesitz und die Inhaber umsorgten ihre Gäste wie Familienmitglieder.

Die Terrasse mit dem herrlichen Blick auf den blühenden Garten war auch an diesem frühen Sommerabend proppenvoll, aber Hämmerle und Fanny hatten Glück. Sie fanden einen kleinen Tisch etwas abseits vom Trubel. Nachdem sie beide einen ersten Tüllinger Gutedel gegen den Durst und die Hitze getrunken hatten, widmeten sie sich ausgiebig der Speisekarte, die neben der klassischen badischen Küche wie Kutteln in Weißwein oder Kalbsnieren mit Schupfnudeln auch einige Ausflüge in feinere Gefilde unternahm.

„Ich glaube, ich nehme erstmal den St. Peter Fisch auf Gemüse und Butternudeln und dann das Rehmedaillon mit den frischen Pfifferlingen." Hämmerle leckte sich die Lippen. „Für den Wein heißt das: erst weiß dann rot." Er strahlte.

„Du hast noch den gleichen Appetit wie früher", feixte

Fanny. „Ich weiß noch wie wir dir in der Schule immer das Pausenbrot versteckt haben. Damit konnte man dich fast in den Wahnsinn treiben. Was macht eigentlich Ursula?“
„Och du, der geht's gut.“ Seine ältere Schwester war ein Thema, das Hämmerle nicht besonders behagte. Zu gut erinnerte er sich an ihre Erziehungsversuche, denen er in seiner Kindheit hilflos ausgesetzt gewesen war. Außerdem hatte sie ihn, da sie eine Zeit lang Friseurin werden wollte, ständig als lebendiges Versuchsobjekt für ihre Schneidekünste missbraucht. Einmal hatte es Wochen gedauert, bis die Tonsur, die sie ihm verpasst hatte, wieder halbwegs zugewachsen war. Aus Scham war er deshalb im Hochsommer mit Pudelmütze herum gelaufen. Im Gegenzug hatte er Ursulas Pierre Brice Poster bemalt, und das von Thomas Fritsch gleich zerrissen.
„Hat die nicht ein Kind?“ hakte Fanny nach.
„Doch, doch. Atze. Der müsste jetzt so um die 20 sein.“ Zum Glück wurde das Verhör durch den ersten Gang unterbrochen.
„Einmal Flädlesuppe fürs Fräulein, und den Fisch für den hungrigen jungen Mann“, sagte der Kellner. „En Gute mitnander!“
Der Fisch war ausgezeichnet, butterzart und tatsächlich ohne Gräten. Hämmerle war bereits beim dritten Viertel Tüllinger und zum zweiten Mal innerhalb kurzer Zeit auf dem Olymp. Hier oben gab es weder Raum noch Zeit, und die Leichtigkeit des Seins war nicht mehr unerträglich. Im Gegenteil. Sie war klasse. Genau wie Fanny.

„Sag mal", Fanny riss ein Stück Brot ab. „Wie war das eigentlich genau damals mit Dieters Abitur?"
Hämmerle wurde rot: „Ach, du kennst ihn ja. Er ist beim ersten Mal durchgerasselt. Beim Aufsatz. Irgend so ein blödes Thema über Ethik und Moral."
„Ausgerechnet! Da hätte er auch über das Zölibat schreiben können." Fanny lachte.
„Deshalb wollte er unbedingt, dass ich ihm beim zweiten Versuch den Aufsatz schreibe", machte Hämmerle weiter. „Ich hab ja da schon in Freiburg studiert. Ich wollte ihm das ausreden, das merkt man doch, wenn das ein anderer schreibt. Aber er hat mich quasi dazu gezwungen. Und das ist dann eben dabei rausgekommen."
„Haben die das geschnallt? Ist er deshalb zum zweiten Mal durchgefallen?" wollte Fanny wissen.
Hämmerle druckste rum. „Irgendwie hat's nicht so geklappt. War ja auch ein blödes Thema. Die Pauker konnten einfach nicht damit umgehen, dass sich da jemand seine eigenen Gedanken macht. Auf jeden Fall ist Frau Pikulski heute noch sauer und behauptet, ich hätte ihrem Goldjungen den Abituraufsatz verhauen. Dabei stand er auch in Mathe auf der Kippe." Hämmerle schob sich das letzte Stück Fisch in den Mund. „Und du?" fragte er, „warum hast du dich eigentlich scheiden lassen. Ich meine," er räusperte sich, „du hast Jens ja schließlich geheiratet."
„Vergiss es!" Fanny winkte ab. „Anfängerfehler."
„Ja, ja," Hämmerle lehnte sich im Stuhl zurück und sah nach Westen, wo die Sonne langsam glutrot unterging, „das kenne ich. Das ist wie mit dem Taxifahren, sag ich

immer. Da steigt jemand ein in deinen Wagen, ihr fahrt ein Stück zusammen, und dann trennt man sich. Und irgendwann," er sah über den Rand seiner Nickelbrille in Fannys Ausschnitt, „irgendwann geht dann die Sonne unter."

Fanny grinste spöttisch. „Mensch, Jean-Marie, an dir ist ja ein Philosoph verloren gegangen."

„Na ja, 36 Semester gehen eben nicht spurlos an einem vorüber. Ich bin zwar Taxifahrer, aber das ist nur mein Brotberuf. Im Grund meines Wesens bin ich ein Suchender, so wie Goethe. Erinnerst du dich noch an unser Gespräch im Ouzo Stüble?" Er tastete sich näher an Fannys Hand heran. „Ich wollte dir damals schon sagen ..."

„So, die Herrschaften, die Rehmedaillons", der Kellner pflanzte schwungvoll zwei Teller auf den Tisch. „Die zwei Dörflinger Spätburgunder kommen sofort."

Etliche Dörflinger später hatte Hämmerle vergessen, was dieser Goethe damals im Ouzo Stüble eigentlich gesucht hatte. Irgendwas mit Griechenland und dass er die Liebe am schönsten im Kriechen fand oder so. Er wusste nicht einmal mehr, wer dieser verrückte Typ eigentlich war. Aber irgendwas hatte er Fanny damals sagen wollen, das wusste er genau.

„Du, weißt du eigentlich ..." säuselte Jean-Marie.

„Du, hast du eigentlich ..." fragte Fanny.

„Erst du", Hämmerle tippte mit dem Zeigefinger auf Fannys Hand.

„Nein du“, sie warf mit einer Brotkrume nach Jean-Marie. Beim Versuch, in Deckung zu gehen, fiel er vom Stuhl.

Später erinnerten sich beide nur noch bruchstückhaft an den Fortgang des Abends. Hämmerle wusste noch, dass er sich heftig gegen den besorgten Gastwirt zur Wehr gesetzt hatte, als der ihm den Autoschlüssel wegnahm. Dann wurde es Nacht für Jean-Marie. Als er am nächsten Morgen neben Fanny im Doppelbett eines Fremdenzimmers im Gasthof Lamm erwachte, lag hinter ihm nichts als dunkle Nacht.
Auf der Rückfahrt nach Freiburg schwiegen die beiden. In der Mozartstraße in Herdern stieg Fanny aus. Vor ihrer Wohnungstür drückte sie Hämmerle einen flüchtigen Kuss auf die Stirn. „Danke fürs Fahren“, sie knuffte Jean-Marie in die Seite. „Bis bald.“

Der rote Hahn

Als Jean-Marie am frühen Nachmittag im Litfass auftauchte, schlug ihm Eiseskälte entgegen. Er hatte schwer an einer glaubhaften Ausrede gebastelt, aber er kam gar nicht erst zu Wort.

„So kann man sich also auf dich verlassen", Mutter Pikulski war der leibhaftige Vorwurf. „Wenn meinem Dieter heut nacht was passiert wäre, hättest du ihn auf dem Gewissen."

„Tut mir wirklich leid, Frau Pikulski," sagte Hämmerle lasch, „aber mein Auto ..."

„Pah, dein Auto, dass ich nicht lache", Pikulski kam aus der Küche und wischte sich die Hände an einem Geschirrtuch ab. „Kameradenschwein. Du hättest wenigstens anrufen können." Er drehte sich auf dem Absatz um und verschwand wieder in der Küche.

„Ey, Dieter, hör doch mal, du weißt, ich hab kein Handy", Hämmerle lief hinterher. Es kostete ihn eine halbe Stunde Zeit, eine ausführlich und glaubwürdig vorgetragene Darstellung seiner Autopanne und das Versprechen, das Litfass in den nächsten beiden Nächten alleine zu bewachen, um seinen Freund Dieter und dessen Mutter ansatzweise zu versöhnen. Seine Nacht mit Fanny erwähnte er mit keinem Wort.

Das Kopfsteinpflaster des Münstermarkts glänzte in der Morgensonne. Schon in aller Herrgottsfrühe ging es an den Marktständen hoch her. Das Wochenende war nicht mehr fern und die Freiburger Hausfrauen waren

auf der Suche nach besonderen Genüssen für ihre Lieben. Mit kundigen Händen prüften sie die Frische des Kopfsalats, ihre Nasen schnupperten an Erdbeeren und so manchen gingen die Augen über beim Anblick der Preisschilder. Der Euro hatte den KundInnen des Freiburger Traditionsmarktes nichts Gutes gebracht.
Gertrud Pikulski schüttelte den Kopf und deutete auf die Kartoffeln. „Die kosten im Großmarkt nicht mal die Hälfte. Und die Möhren, unverschämt.“ Sie zog Hämmerle zum nächsten Stand.
Jean-Marie nickte ergeben. Ihm tat das Kreuz weh. Seine Nacht auf dem Feldbett im Litfass war zwar ereignislos aber nicht folgenlos geblieben. Seine Bandscheiben würde er wohl vergessen können. Zu allem Überfluss hatte er, sozusagen als Wiedergutmachung, auch noch die frühmorgendlichen Einkaufstouren mit Gertrud Pikulski übernehmen müssen. Nur mit seiner Weigerung, den Großmarkt noch einmal zu betreten, hatte er sich durchgesetzt.
„Heut gibt's Pfannkuchen mit Apfelkompott als Tagesgericht. Das Gemüse hier kann sich doch kein Mensch leisten.“
„Kraut statt Kaviar“, kicherte Hämmerle.
Frau Pikulski starrte ihren Begleiter verständnislos an. Der Junge war schon immer komisch gewesen, aber in letzter Zeit wurde er noch seltsamer. Arme Frau Hämmerle, dachte sie, mit so einem Sohn. Da war ihr der eigene Filius schon lieber. Auch wenn der arme Bub so gar kein Glück mit Frauen hatte. Wenn er doch nur endlich heiraten würde, dann wäre ihr eine echte Last

genommen. Sie seufzte.

„Na da vorne, sehen Sie nicht das Transparent?" Jean-Marie deutete zum Kornhaus hinüber. Vor dem ehemaligen Getreidespeicher der Stadt hatte sich eine Gruppe protestierender Bauern versammelt, die trotz Nitrofen und BSE unverdrossen für einheimische Produkte warben.

„Spätzle statt Spaghetti", las Hämmerle vor. Er zog Frau Pikulski zum Kornhaus hinüber. Ein Jungbauer drückte ihnen ein Flugblatt in die Hand.

„Was steht denn da?" Gertrud Pikulski hatte ihre Brille vergessen.

„Unser Kampf hat jetzt begonnen / Doch noch ist er nicht gewonnen", las Hämmerle vor. „Fackelzug und anschließende Protestkundgebung gegen Mitternacht auf dem Freiburger Münsterplatz. Bauern und Bürger Hand in Hand."

„Das ist aber spät", sagte Gertrud Pikulski vorwurfsvoll zu dem Protestierer.

„Also erstens müsse wir vorher unser Vieh versorge, Frau," antwortete der Jungbauer, „und zweitens komme dann au die aus de Wirtschafte mit. Und drittens –"

Ein schriller Schrei unterbrach den Vortrag. Eine Marktfrau neben ihnen zeigte aufgeregt zum Himmel. Hinter dem Münsterplatz stieg eine dicke schwarze Rauchwolke hoch.

„Es brennt!" schrie jemand.

Andere fielen ein.

„Das ist in der Herrenstraße."

„Siehst du die Flammen?"

„Holt die Feuerwehr!“
„Ich bin Arzt!“
Hämmerle zog Mutter Pikulski am Ärmel mit sich. Im Präsenzgässle stand dicker Qualm und die beiden quälten sich hustend durch die enge Gasse Richtung Herrenstraße. Vor dem Schwanen, einer der ältesten Gasthöfe der Stadt, hatte sich bereits ein dichter Pulk Schaulustiger versammelt. Das Gebälk des uralten Traditionslokals brannte lichterloh. Von dem Gasthaus würde wohl nicht mehr viel übrig bleiben.
Daran konnte auch die Berufsfeuerwehr nichts mehr ändern, die Minuten später mit ohrenbetäubendem Geheul unter Blaulichteinsatz vom Schwabentor her angebrettert kam. Mit ihr kam auch die Polizei. Aus sicherer Entfernung sah Hämmerle, wie Harry Stefan mächtig wichtig tat und einen Feuerwehrmann zusammenschiss. Er hörte ihn etwas von Spurensicherung, Ratten und Dilettanten brüllen. Sein Geschrei ging in dem Grölen unter, das sich jetzt von der Münsterbauhütte näherte. Hämmerle drehte sich um und sah die Bauern vom Münsterplatz mit ihren Transparenten. Der wilde Haufen sang lauthals den Refrain eines Kampflieds aus dem Bauernkrieg:
„Spieß voran, drauf und dran,
Setzt aufs Klosterdach den roten Hahn.“
Für einen Moment bekam Hämmerle weiche Knie. Wollten die militanten Landmänner etwa auch noch das erzbischöfliche Palais anstecken? Aber dazu ließ ihnen die Feuerwehr erst gar keine Chance. Der Mann am Schlauch richtete den Wasserstrahl volle Kanne auf

die protestierenden Bauern und machte dem Gesang ein Ende.

„Hans-Karl Müller!“ Fanny ließ sich völlig außer Atem auf einen Stuhl am Stammtisch fallen. Sie kam direkt aus dem Präsidium und brachte die neuesten Ermittlungsergebnisse mit ins Litfass. „Der Schwanen gehört Hans-Karl Müller. Und keinem sonst. Da stecken weder Hofer noch Suchowiak und auch sonst keiner mit drin, das hat Stefan bereits herausgefunden. Der Alte läuft auf Hochtouren. Jetzt hat er auch noch das BKA alarmiert. Aber die haben momentan nicht genug Personal. Sind alle in Urlaub. Ferienzeit.“
Pikulski nahm einen Cognac auf Ex. Das mit dem nüchtern bleiben, um einen klaren Kopf zu behalten, hatte er wieder aufgegeben. Kein Alkohol war auch keine Lösung. „Das wird ja immer schöner“, schimpfte er. „Hier bist du deines Lebens nicht mehr sicher und die Herren vom BKA sitzen am Ballermann.“
„Wie der Müller, der ist auch in Ferien“, erzählte Fanny weiter. „Der segelt irgendwo durch die Ägäis und weiß noch nicht mal was von seinem Pech. Es geht also nicht nur gegen Hofer und Suchowiak und wir können noch mal von vorn anfangen. Wenn der Stefan mit seinen Chinesen doch noch Recht hat, krieg ich die Krise.“ Fanny schüttelte ratlos den Kopf. „Tja, sieht so aus, als wüssten wir im Moment gar nichts, gell Jean-Marie?“ Sie sah ihrem Nebenmann tief in die Augen.
Der wurde knallrot.
„Das hat vielleicht gebrannt!“ Frau Pikulski war immer

noch völlig fertig. „Die schöne Wirtschaft. Und die Feuerwehr konnte gar nichts machen."
„Man muss richtig froh sein, dass nicht die anderen Häuser in der Herrenstraße auch noch F-F-F-Feuer gefangen haben", stotterte Hämmerle.
Pikulski klopfte seinem Freund gönnerhaft auf die Schulter. „Da siehst du mal, wie wichtig es ist, gut aufzupassen, Jean-Marie. Ich verlass mich auf dich."

Kurz vor Mitternacht wälzte sich Jean-Marie wieder auf der schmalen Pritsche in der Küche des Litfass hin und her. Die kleine Kneipe war schon seit geraumer Zeit geschlossen, aber an Schlaf war auch in dieser zweiten Nachtschicht nicht zu denken. Überall brummte und summte es, alle paar Minuten sprang der Kühlschrank auf dem Hof an, der Wasserhahn tropfte, und dann war da noch die Geschichte mit Fanny, die ihn nicht zur Ruhe kommen ließ. In seiner Erinnerung war da nur ein schwarzes Loch. So sehr er sich auch bemühte, er wusste einfach nicht, ob zwischen ihnen beiden nun was gewesen war oder nicht. Verzweifelt versuchte er, Fannys Verhalten irgendwie zu deuten. Was hatte dieser Kuss auf die Stirn zu sagen? Und dann dieser Blick heute nachmittag. Verdammt noch mal, womöglich wurde er nun Vater und wusste noch nicht mal was davon. Selbstverständlich würde er Fanny heiraten. Die einzige Möglichkeit, Licht in das Dunkel zu bringen, war Fanny. Sie wusste offensichtlich mehr. Aber lieber würde er sich die Zunge abbeißen, als seinen Blackout zuzugeben.

Rummmms. Ein dumpfer Schlag riss ihn aus seinen Gedanken.
Die Chinesen!
Es dauerte ein paar Sekunden, bis Hämmerle begriff, dass er von der schmalen Pritsche gefallen und mit dem Kopf gegen den Herd geknallt war. Da war er doch tatsächlich eingenickt. Er rappelte sich hoch und schlappte in den winzigen Gastraum. Das Licht der Straßenlaterne auf dem Gehsteig vor der Kneipe fiel schwach durch die Ritzen des Rolladens. Hämmerle legte sich ächzend auf die Bank am Fenster. Immer noch besser als die Hängepartie auf dem Feldbett. Wahrscheinlich hatte Dieter eine extra wacklige Notliege gekauft, damit Hämmerle auch garantiert nicht schlafen konnte.
Der Fall ging ihm allmählich schwer auf die Nerven. Zumal seine ursprünglichen Verdächtigen nach und nach alle ausgeschieden waren. Merzbacher, der Winzer, hatte ein Alibi. Juliane Hofer und ihr Lover, geschenkt. Von wegen 98 Prozent aller Verbrechen geschehen aus Leidenschaft! Er lachte bitter auf. Zeitmann, der Testesser, war selbst Opfer, daran bestand kein Zweifel. Da wollte der Mann mal was Rechtes essen und dann so was. Wenn rauskommen würde, dass der Ober-Super-Gourmet und Fresspapst am liebsten in irgendwelchen Kaschemmen Schnitzel verdrückte, eine Esskultur, gegen die er gewöhnlich mit flammender Feder zu Feld zog, wäre der Mann erledigt. Er war ja auch geradezu panisch bemüht gewesen, die Sache zu vertuschen.

Mit ihm war auch der letzte Verdächtige aus dem Rennen. Falls Stefan mit seiner Chinesenspur doch Recht haben sollte - nicht auszudenken. Das wäre eine schöne Pleite. Aber allmählich konnte Hämmerle sich fast keine andere Lösung mehr denken. Es schien tatsächlich um etwas Größeres zu gehen, als um ein Eifersuchtsdrama oder um einen beleidigten Winzer. Vor allem ging es nicht nur um Hofer, sondern auch um die Kneipen von Suchowiak. Und nun auch noch der Schwanen. Hämmerle wunderte sich überhaupt nicht, als aus den verkohlten Resten der abgefackelten Traditionskneipe eine feuerspeiende Ratte auftauchte. Er stierte in die funkelnden Augen des Untiers. „Monty Spinneratz", murmelte er. Dann nickte er ein.

Er erwachte vom Klirren einer Glasscheibe. Das Geräusch war aus der Küche gekommen. Starr vor Schreck lag Hämmerle da und lauschte in die Dunkelheit. Schon wieder die Chinesen! Es rumpelte. Etwas Metallenes schrappte böse über den Steinboden. Dann rummste es und jemand stöhnte leise. Der Eindringling war wohl gegen das Feldbett gestoßen. Jean-Marie hörte, wie er schwer atmend auf die Beine kam. Ihm trat der Schweiß auf die Stirn. Himmel, jetzt hatte er den Salat. Er musste in die Küche und irgendwas machen. Aber was, überlegte er fieberhaft. Dieters Schrotflinte hatte er blöderweise neben dem Feldbett liegen lassen. So leise es bei 265 Pfund eben ging, drückte er sich hoch und schlich auf Zehenspitzen Richtung Tresen. In der Schublade lag Mutter Pikulskis Bratenmesser.

Damit fühlte er sich etwas sicherer. Vorsichtig linste er um die Ecke. Der Einbrecher war gerade dabei, den Inhalt eines Blechkanisters in der Küche zu verteilen. Benzin! Der beißende Geruch stieg Hämmerle in die Nase. Eine Sekunde lang versuchte er noch, dem Kitzel stand zu halten, dann zerriss sein explosionsartiges Niesen die Stille. Der Eindringling fuhr herum. Hämmerle ließ vor Schreck das Messer fallen. Marc Brändle! Der schöne Souschef aus dem Badischen Hof mit seinem blonden Stoppelhaar und dem unverkennbaren Ohrring. Eindeutig. Mit einem Satz war er bei Hämmerle. Der machte auf den Absatz kehrt und rannte zur Tür. Brändle stieß ihn brutal zur Seite und lief an ihm vorbei auf die Moltkestraße hinaus. Jean-Marie sah noch, wie Brändle in Richtung Theater rannte. Er rappelte sich hoch und rannte keuchend hinterher. „Haltet ihn!" schrie er. Aber da war keiner.

Die Jagd ging zum Bertoldsbrunnen. Auf der Kreuzung blieb Brändle für eine Sekunde stehen und sah sich nach seinem Verfolger um. Der schnaufte gerade an der Lokalredaktion des örtlichen Monopolblattes vorbei. Brändle überlegte eine Sekunde lang und lief auf den Münsterplatz zu. Die Bauerndemo dort würde eine gute Gelegenheit bieten, den Verfolger abzuschütteln. Das war zunächst mal das Wichtigste. Alles Weitere würde sich ergeben.

Auf dem Münsterplatz verlor Hämmerle Marc Brändle aus den Augen. Der Platz um den schönsten Turm der Christenheit war rappelvoll und der Souschef des Badischen Hofs war irgendwo in der Masse untergetaucht.

Anscheinend waren sämtliche Bauern aus der Region dem Ruf ihres Verbandes gefolgt und hatten sich mit Fackeln zur nächtlichen Kundgebung eingefunden. Fast jeder zweite Landwirt hatten Kühe, Schafe und Schweine mitgebracht, die dem Event den richtigen folkloristischen Touch gaben. Dementsprechend groß war der Auftrieb. Die Touristen aus den umliegenden Hotels waren begeistert und mischten sich unters protestierende Volk. Hut ab vor diesem Fremdenverkehrsverband! So ein Spektakel wurde einem noch nicht mal im Allgäu, der Heimat des neuen Oberbürgermeisters, geboten.

Im flackernden Licht der Fackeln sangen die Aufständischen wieder das Lied von Geyers schwarzen Haufen. Der Refrain schien zu einer Hymne der Hochschwarzwälder Protestbewegung zu werden: Spieß voran, drauf und dran ... Die Gesichter der Bauern glühten und Hämmerle glaubte ihnen jedes Wort.

Er drängelte sich durch die Menschenmassen, vorbei an einem Stand der Landfrauen, die mit selbstgemachten Hefezopf und Apfelmost für das leibliche Wohl ihrer militanten Gatten sorgten. Hämmerle sah sich um. Keine Spur von Marc Brändle. Und keine Spur von der Polizei. Ihre vornehme Zurückhaltung bei dieser Kundgebung würde sie hinterher sicher als Deeskalation verkaufen. In Wirklichkeit saß die geballte Staatsmacht beim Chinesen und brachte seine Steuergelder durch. Er feixte. Soviel zur Chinesenspur.

Auf der Südseite des Münsters, wo tagsüber die Händler Ananas und Oliven zu Höchstpreisen feilboten, entdeckte er den alten Merzbacher. Der hatte neben dem Fischbrunnen einen kleinen Stand mit Hochprozentigem aufgebaut. An dem provisorischen Tresen lehnte Harry Stefan und kippte gerade einen Klaren. Hämmerle traute seinen Augen nicht. Neben dem Kommissar stand Marc Brändle. „He!" schrie er und drängelte sich durch die Menge. Aber Brändle hatte ihn schon bemerkt. Er flüsterte Merzbacher etwas ins Ohr, winkte dem Kommissar flüchtig zu und eilte Richtung Alte Wache. Einen Moment lang sah Hämmerle den blonden Haarschopf noch, dann war Brändle in der Menge verschwunden.

Vor dem Südportal des Münsters war das Zentrum des Bauernaufstands. Die Renaissancegalerie über dem Eingang war von einer riesigen weißen Plane verhüllt, hinter der tagsüber die Steinmetze und Maurer der Münsterbauhütte werkelten, um das Herz der Stadt vor dem Verfall zu retten. Ein mächtiges Gerüst schloss sich in westlicher Richtung an. Eigentlich war zurzeit vom Münster selbst kaum etwas zu sehen, was schon zu Beschwerden japanischer Reisegruppen geführt hatte. Doch hier war selbst der Alt-OB machtlos.

Die gesamte Südseite des Münsters war in Feuerschein getaucht. Zwischen Historischem Kaufhaus und Südportal loderte ein riesiger Scheiterhaufen, den die Bauern „spontan" entzündet hatten. Die Funken stieben in den nächtlichen Himmel und die züngelnden Flammen warfen rote und orangefarbene Blitze auf die weiße Plane. Um das Feuer standen johlende Bauern und schleuderten Gegenstände in die Glut. So musste es im

Mittelalter gewesen sein, dachte Hämmerle, als sie hier die Hexen verbrannt hatten. Ein Päckchen Lasagneblätter knallte vor Hämmerles Füßen auf das Kopfsteinpflaster. Entgeistert sah er sich um. Am Gerüst vor dem Münster hing ein riesiges Transparent. „Spätzle statt Spaghetti" las er, und genau das war wohl der Sinn der Aktion. „Deutsches Fleisch und deutscher Wein sollen uns're Nahrung sein. Was nicht kommt aus unserm Land, wird ab jetzt bei uns verbrannt."

Genau das machten die Bauern gerade. Ananas und Orangen flogen an ihm vorbei, ein französischer Camembert, Baguettes und Croissants, chinesischer Reis und Tiefkühlpizza von Alberto. Eine Flasche Heintz-Ketchup pfiff an Hämmerles Kopf vorbei und landete im Feuer. In seiner Nähe setzte sich ein Bauer verstohlen eine Flasche Bordeaux an den Hals, bevor er sie ins Feuer warf. Nicht alle Demonstranten waren offensichtlich mit ganzen Herzen bei der Sache. Trotzdem war die Stimmung kurz vor dem Siedepunkt. Aus der Menge trat jetzt ein älterer Bauer vor den Scheiterhaufen und hob einen kleinen Kanister in die Höhe. „Des", brüllte er, „hen se uns au uffs Aug druckt. Des italienische Zeugs. Unser Sonneblumeöl kauft kai Mensch mehr, bloß noch selles Oliveöl! Weg damit!" Er schmiss den Kanister mit dem Olio di Oliva extra vergine ins Feuer. Eine riesige Stichflamme schoss empor. Sekunden später fing das Baugerüst am Freiburger Münster Feuer.

„Das Münster brennt!" schrie jemand. Panisch rannten die Menschen auseinander. Die Nacht war jetzt fast taghell. Die Häuser auf der Südseite des Münsterplatzes wurden von den flackernden Flammen in blutrotes Licht getaucht. Aus dem Gerüst lösten sich brennende Planken, die auf dem Kopfsteinpflaster funkenstiebend auseinanderkrachten. Große brennende Fetzen der Plane segelten durch die Luft.

Hämmerle hatte sich unter die Arkaden des Historischen Kaufhauses geflüchtet und starrte fasziniert auf das Chaos um ihn herum. In wildem Galopp rannte eine Kuh an ihm vorbei. Von weitem waren Feuerwehrsirenen zu hören. Hämmerle bekreuzigte sich verstohlen und atmete auf. Endlich. Er hatte schon das Schlimmste befürchtet. Plötzlich kreischte eine Frau auf.

„Do isch ainer!“ schrie sie und zeigte entsetzt auf das brennende Gerüst.

Und richtig. Hinter der hölzernen Verschalung auf der zweiten Ebene des Gerüstes war ein Mann aufgetaucht. Hämmerle erkannte von weitem Brändle an seinen blonden Haaren. Der suchte hektisch nach einem Ausweg aus den Flammen, aber er hatte kaum eine Chance. Die Treppe, die vom Gerüst herunterführte, brannte lichterloh. Brändle hielt kurz inne und sah hinunter auf den Münsterplatz. Dann schwang sich über die hölzerne Balustrade und sprang auf das Kopfsteinpflaster.

Hämmerle rannte über den Münsterplatz auf das brennende Gerüst zu. Brändle lag am Boden.

„Au, mein Knöchel!“ jammerte er. „Helfen Sie mir!“

Jean-Marie beugte sich vorsichtig über ihn. Man konnte nie wissen. Aber von dem Koch ging keine Gefahr mehr aus. Seine Knöchel schienen beide gebrochen zu sein. Hämmerle sah sich um. Die Bauern, die das Münster angesteckt hatten, waren über alle Berge. Auch die Sympathisanten hatten nur ihre eigene Haut im Sinn gehabt und hatten sich aus dem Staub gemacht. Er war mit Brändle allein. Über ihnen krachten und knarzten die Gerüstbretter und die Flammen fraßen sich immer höher hinauf. Das Gerüst konnte jeden Augenblick zusammenbrechen. Jean-Marie packte Brändle unter den Achseln und schleifte ihn über das holprige Pflaster. Das war Rettung im letzten Moment. Eine Sekunde später schlug eine riesige brennende Holzplanke direkt hinter ihnen auf.

Nachdem der Wirt aus einem der umliegenden Gasthäuser die Sanitäter angerufen und Marc Brändle ins Krankenhaus abtransportiert worden war, machte sich Hämmerle auf die Suche nach Harry Stefan. Er fand den Kriminaler zusammen mit Fanny an Merzbachers Schnapsstand. Die beiden waren nicht allein. Der improvisierte Ausschank des Staufener Weingutes verzeichnete ein Rekordgeschäft. Die schockierten Bauern waren zurückgekommen und standen mit den Kollegen vom Löschzug in Trauben am provisorischen Tresen und löschten nach. Der Brand am Münster war durch den beherzten Einsatz der Feuerwehr zum Glück glimpflich ausgegangen. Das alte Gemäuer hatte keinen Schaden davongetragen, nur das Gerüst war völlig hinüber. Der Bauernverband würde tief in die Tasche greifen müssen. Und, so hatten die Funktionäre in

einer eilends einberufenen Sitzung entschieden, die Protestaktionen würden sofort eingestellt. Die „Ereignisse während der Demonstration“ waren dann doch zu weit gegangen.
„Herr Kommissar“, Hämmerle tippte Stefan auf die Schulter.
Der starrte ihn aus glasigen Augen an. „Was will der Dicke hier? Schafft mir den Dicken vom Hals“, blökte er.
„Komm“, Fanny nahm Hämmerle am Arm und gab ihm einen flüchtigen Kuss auf die Wange. „Du siehst ja, was mit dem los ist.“ Sie zog Jean-Marie vom Stand weg. „Was machst du denn hier? Solltest du nicht im Litfass aufpassen?“
„Hab ich ja. Deshalb bin ich ja hier“, sagte Hämmerle. Und dann setzte er sich zusammen mit Fanny auf die Stufen an der Vorhalle des Münsters und erzählte die ganze Geschichte.

Kneipen, Krieg und Frieden

Am nächsten Abend herrschte im Litfass Hochstimmung. Auch ohne Gäste. Sogar Mutter Pikulski saß zur Feier des Tages mit einem doppelten Eierlikör am Stammtisch.

„Und was war dann mit dem Merzbacher?“ fragte sie aufgekratzt.

„Der Reihe nach“, sagte Fanny. „Die Sache ist sowieso kompliziert genug. Das Wichtigste ist, dass Brändle gestanden hat. Er steckt hinter den ganzen Anschlägen.“

„Ich hab immer noch nicht kapiert, wieso er das gemacht hat!“ Pikulski stand hinter dem Tresen und fuhr sich über den Drei-Tage-Bart.

„Auf jeden Fall nicht aus Leidenschaft“, kicherte Hämmerle.

„Pssst“, machte Dieter mit einem Seitenblick auf seine Mutter.

„Jetzt hört doch mal zu“, Fanny haute auf den Stammtisch. Sie wurde langsam ungeduldig. „Der ist reingelegt worden, und zwar von Hofer und dem sauberen Herrn Suchowiak.“

„Das hab ich mir doch gedacht, dass die beiden Dreck am Stecken haben“, Pikulski ließ den Zapfhahn scheppern.

„Nur dass bei denen eigentlich alles legal war, also rein juristisch“, erwiderte Fanny. „Die haben übrigens nicht nur ihn gelinkt. Der Brändle hatte ein großes gastronomisches Projekt mit zwei Partnern geplant, ein Riesending, ein Kurhotel, und da haben ihm sein Chef Hofer und dessen Kumpel Otte Suchowiak einen dicken Strich durch die Rechnung gemacht. Und dann hat Brändle sich gerächt. Zuerst an Hofer, dann an Suchowiak. Er hat eine Menge Phantasie entwickelt, um den beiden zu schaden."

„Also ich kapier gar nichts. Kann mir denn mal jemand sagen, was eigentlich los ist?" Gertrud Pikulski verstand nur Bahnhof.

„Passt auf, die ganze Geschichte geht um Sankt Clara, dieses ehemalige Ausflugslokal in Littenweiler. Das ist ja seit Jahren geschlossen. Brändle und seine Kompagnons ... Nein," Fanny winkte ab, „dazu komm ich später. Der Reihe nach. Also, Brändle hat herausgefunden, dass direkt neben dem Lokal eine Thermalquelle entdeckt worden war. Seine Freundin arbeitet bei der Stadt, deshalb hat er Wind davon bekommen. Er hört auch, dass diese Thermalquelle erschlossen werden soll. Bevor also ein anderer davon erfährt, geht er hin und becirct die alte Eigentümerin von Sankt Clara, die von der Sache mit der Quelle keine Ahnung hat. Er will Sankt Clara kaufen, um ein Kurhotel daraus zu machen. So mit allen Schikanen. Es läuft auch alles nach Plan. Er schließt sogar einen Vorvertrag ab, er beauftragt ein Architekturbüro mit der Planung für den Umbau, kurz: Er steckt eine Menge Geld in die Sache. Dann macht er einen Fehler. Er erzählt seinem Chef von dem Projekt."

Die drei hörten jetzt gebannt zu. Frau Pikulski drehte nervös ihren doppelten Eierlikör auf dem Tisch herum. Plötzlich ging die Türe auf. Eine Gruppe Schauspieler vom nahen Theater kam herein.

„Wir haben geschlossen“, schnauzte Mutter Pikulski. Maulend zog die Truppe wieder ab. Gertrud Pikulski stand auf und schloss die Tür hinter ihnen ab.
„Weiter, Mädle“, drängte sie.
„Er macht also den Fehler, seinem Chef von dem Projekt zu erzählen. Und plötzlich ist der Kauf von Sankt Clara für Brändle gestorben. In einer Nacht- und Nebelaktion wird die Bude an eine „Unternehmensgruppe“ verkauft. Brändle versteht die Welt nicht mehr. Da erfährt er über irgendwelche Kanäle, wer hinter dieser Unternehmensgruppe steckt: Hofer und Suchowiak. Die beiden sind ihm bei der alten Dame zuvor gekommen und haben ihm die Kneipe vor der Nase weggeschnappt.“
„Aber der Brändle hatte doch einen Vertrag!“ empörte sich Frau Pikulski.
„Der war aber noch nicht notariell beglaubigt“, erklärte Hämmerle. „Das haben Hofer und Suchowiak ausgenutzt. Und sie haben der alten Dame erzählt, dass Brändle kein Interesse mehr habe. Die waren einfach schneller. Und Brändle war zu naiv. Außerdem war ja alles ganz legal.“
Pikulski kam um den Tresen herum und sah Hämmerle argwöhnisch an. „Woher weißt denn du das alles?“ fragte er.
„Ich hab den Fall schließlich aufgeklärt und nebenbei deinen Laden hier gerettet. Hast du das schon vergessen?“ Jean-Marie warf sich in die Brust. „Da ist es doch nur normal, dass ich mehr weiß als du. Außerdem hab ich den ganzen Tag im Polizeipräsidium gesessen, Zeu-

genaussagen aufnehmen. Der Kommissar war ja leider nicht vernehmungsfähig", Hämmerle kicherte. „Da mussten Fanny und ich eben alles alleine machen."
Fanny stupste ihn in die Seite: „Das bleibt aber unter uns", sagte sie. „Auf jeden Fall", fuhr sie fort, „war Brändle auf 180, das könnt ihr euch ja denken. Er sann auf Rache. Und jetzt kommen zwei weitere Figuren ins Spiel. Die eine ist der alte ..."
„Der Herr Böhme?" unterbrach Frau Pikulski erschrocken.
„Nein, der alte Merzbacher," erklärte Fanny, „das ist nämlich der Onkel vom Marc Brändle. Kannst du dich erinnern, Jean-Marie, dass wir dem Brändle damals in Staufen begegnet sind, als wir bei Merzbacher waren?"
Hämmerle nickte.
„Der Merzbacher war sowieso schon sauer auf den Hofer, weil der seinen Wein von der Karte genommen hat. Und da hatte er natürlich überhaupt nichts dagegen, seinem Neffen zu helfen und Hofer eins auszuwischen. Außerdem hatte auch er Geld in das Projekt seines Neffen gesteckt. So ein Kurhotel, da fällt auch für einen Winzer einiges ab. Aber jetzt war alles futsch."
„Dann war der alte Merzbacher also Brändles Komplize?" fragte Pikulski.
„Genau", bestätigte Hämmerle. „Der hat ihm geholfen. Wir haben noch nicht rausgekriegt, an welchen der Überfälle er beteiligt war, aber Brändle war im Krankenhaus ziemlich gesprächig. Er will seinen Onkel schonen, glaube ich, aber er hat sich verplappert. Die ganzen Medikamente, der Schock und so."

„Und wo ist der alte Herr jetzt?“ fragte Gertrud Pikulski.
„Der hat sich aus dem Staub gemacht, nachdem er letzte Nacht auf dem Münsterplatz mitgekriegt hat, dass sein Neffe aufgeflogen ist. Aber vorher hat er Stefan noch tüchtig abgefüllt. Der war dem Delirium nahe. Leider nur nahe“, Fanny zog bedauernd die Schultern hoch.
„Den Merzbacher kriegen wir auch noch“, sagte Hämmerle und tätschelte Fannys Hand.
„Und wer war jetzt der andere? Du hast doch von zwei Partnern gesprochen.“ fuhr Pikulski dazwischen. Das Gefummel der beiden ging ihm allmählich mächtig auf den Keks.
„Müller. Der Schwanenwirt.“ antwortete Fanny. „Das war der zweite Partner von Brändle. Der wollte auch beim Kurhotel mit verdienen. Auch er hat kräftig investiert und eine Menge Geld verloren. Hat Brändle zumindest erzählt.“
„Das versteh ich jetzt aber überhaupt nicht“, Gertrud Pikulski schüttelte den Kopf. „Wieso hat denn dann der Schwanen gebrannt? Der zündet doch nicht sein eigenes Haus an.“
„Doch“, erwiderte Fanny. „Der war so gut wie pleite.“ Sie rieb Daumen und Zeigefinger aneinander. „Der hat die Situation ausgenützt und warm saniert. Beziehungsweise Brändle. Der hat die Bude angezündet, während Müller beim Segeln war. Damit hatte der ein Top-Alibi. Die Versicherungssumme wollten sich die beiden dann teilen. Müller hat auch den Überfall auf die Rocker und aufs Restaurant Altstadtblick organisiert. Er war früher

Präsident der Steppenwölfe in Emmendingen. Die sind eh nicht gut auf die Hells Angels hier zu sprechen und für ein paar Kästen Bier haben die gerne mitgemacht."

„Nicht zu fassen", Gertrud Pikulski schüttelte den Kopf. „Und was hat dieser Brändle jetzt davon?"

„Wieso? Sein Plan ist doch aufgegangen", dozierte Hämmerle. „Die ganzen Anschläge auf die Kneipen sind ja nicht folgenlos geblieben. Geht nur mal in den Badischen Hof. Gähnende Leere. Und würdest du," er tippte mit dem Zeigefinger Richtung Dieter, „würdest du in Gabi's Schnitzelparadies noch Ketchup essen?"

„Oder Sushi in der Osaka-Bar?" fiel Fanny ein.

„Oder Bier trinken im Stefansbräu?" machte Jean-Marie weiter. „Oder würden Sie Ihre Juwelen noch im Restaurant Altstadtblick ausführen, Frau Pikulski?"

„Pah", machte Frau Pikulski verächtlich. „Welche Juwelen?" Sie drehte sich vorwurfsvoll nach ihrem Sohn um.

„Kommt Kinder, streitet nicht", sagte Fanny und blickte fröhlich in die Runde. „Die Gefahr ist vorbei, eure Kneipe wird der Hit in Freiburg und wir köpfen jetzt eine Flasche Schampus. Das haben wir uns verdient, was Jean-Marie?"

„Sonst noch Wünsche?" fragte Pikulski spitz.

„Ja," grinste Hämmerle, „einmal Hummer in Orangensauce, dann Gänseleber ..."

„Und dann zweimal Rehmedaillons", kicherte Fanny.

Hämmerle wurde puterrot. Trotz der Erleichterung über den gelösten Fall lag ihm sein Ausflug mit Fanny ins Markgräfler Land immer noch schwer auf der Seele. Würde er jemals erfahren, was sich in den Tiefen seines

Federbetts im Gasthof Lamm an jenem Abend in Müllheim-Feldberg wirklich ereignet hatte? Bisher war er keinen Schritt weiter gekommen. Er schüttelte den Kopf. Aber eher würde er sich die Zunge abbeißen, als Fanny danach zu fragen. Nein, eine solche Blöße konnte er sich nicht geben. Wie stünde er denn da, als Mann und überhaupt. Dieser Fall war noch lange nicht gelöst.

„Aber eins würd mich doch noch interessieren“, Pikulski schob einen Stuhl zwischen Hämmerle und Fanny und setzte sich. „Was hat es nun eigentlich mit diesem blöden chinesischen Schriftzeichen auf sich? Ich meine, Brändle und seine Kumpane wollten damit doch sicher was sagen, oder?“

„Klar“, giggelte Fanny. „Ich hab im Lexikon nachgesehen. Da steht: ‚Wenn Wein und Weib zusammen treffen, kannst du des nachts den Schlaf vergessen.‘ Alte chinesische Weisheit.“ Sie zwinkerte Hämmerle zu und hob das Glas.